新 潮 文 庫

レプリカたちの夜

一 條 次 郎 著

新 潮 社 版

11005

レプリカたちの夜

シロクマを目撃したのは、夜中の十二時すぎだった。その日、品質管理部の往本は残業で遅くまで工場にのこっていた。部長が不在のため仕事がたまっていたのだ。

「朝食までには帰る」

といいのこして部長は姿を消した。あれから三ヶ月がたった。いまだ部長からの連絡はない。きっと冗談かなにかなのだろうと往本はおもったが、この世界は意外と冗談が通じないと知るのはずっと後になってからのことだ。

部長が去ったのは、往本が品質管理部に配属されてから一週間後のことだった。仕事はマニュアルを読んで独学で理解した。一を聞いて知ったつもりになった十で百をやっているようなものだった。今のところそれでとくに問題もなかった。

検査で長い時間、目を酷使したせいで視界がざらついていた。最後の成分再検査のシークエンスを終えると、製品を真空パックにつめた。さらに緩衝材をいれて「株式会社トーヨー」というロゴのはいった茶色いシート状のパッケージで梱包し、うえから識別用のラベルを貼る。これで今日の作業は終了だ。往本は品質管理部の電気を消し、部屋をあとにした。

夜の工場は暗かった。自動運転中の機械をのぞいては、ほとんどの照明が落とされている。いつもよりエアコンが効いていて、涼しい感じがした。規則的な機械の作動音だけが構内に響いていた。ロッカールームへ行く途中の成型部に、そのシロクマはいた。稼働中の成型機のまえに立っていた。うしろあしで立ちあがり、機械のなかをのぞきこむような格好をしていた。

ＰＢ２０２Ｍだ。ポーラーベア、モデル２０２、オス。工場で製造している動物レプリカのひとつだ。きわめて精巧にできている。原寸大。体長約二メートル半。クマシリーズのなかでもひときわ大きい。なにしろ陸上で暮らす肉食獣では最大だ。立ちあがった姿は見あげるほどになる。鼻先と肉球以外は毛でおおわれている。きびしい寒さに適応した小さなまるい耳。むろんここは日本で、今は夏だ。とはいえそんなことはなんの意味もない。ただの置物にすぎないのだから。

被毛部から品質管理部まで搬送するあいだに、だれかが置き忘れていったのだろう。シロクマのレプリカは作業台の手すりに、後ろ向きに立てかけられてあった。うっかりそのまま放置してしまうのは、それほどめずらしいことではない。

今日中に終わらせなければいけない人形のチェックはもうすませた。あとは明日だ。とりあえず、明日の作業の邪魔にならないよう、隅へどかしておこう。大きいとはいえ、素材は基本的にプラスチックとゴム、そして合成繊維だ。安定性を確保するため、一定の重量感はつけてあるものの、ひとりで持ちはこべない重さではない。

往本は成型機のところへ歩みよった。なだらかに隆起したシロクマの背中を見あげる。暗がりのなかで透明の被毛がモニタの淡い光を反射させていた。緑色の文字がディスプレイを流れ落ちていくのが見える。

シロクマのひじに黒い機械油がついていた。こんなところに放置しておくからだ。これでは出荷できない。被毛部にもどして、毛を貼りなおしてもらわなければいけない。品質管理のチェックでひっかかったものを各部署につきかえすのは、気持ちのいい仕事ではない。

搬送専用の台車がないか、あたりを探した。そのとき、視界の隅でなにかがうごくのをかんじた。稼働中の成型機が、できあがったレプリカをはきだすところかとおもった。だがちがった。音がちがう。もっとまぢかでうごく気配だ。

ふりかえると、白い毛でおおわれた腕が目の前にたれさがっていた。短くならんだ五本の黒い爪。往本は視線をあげた。シロクマと目があった。なにがおきたのか、すぐには飲みこめなかった。さっきまで背中を向けていたのに、こちらに向き直っていた。ちょっとぶつかったぐらいで回転するものではない。

なにかの見まちがいかとおもった。レプリカはまばたきなどしない。自分は疲れているのだろうか。いや、ちがう。シロクマはゆっくりと何度も、まばたきをくりかえした。その鼻面が向きを変え、往本をのぞきおろした。

ほんもののクマだ――。

あたまで理解したわけではないが、そうおもった。なぜほんもののシロクマがこんなところにいるのか。ありえない話だ。だがほかにかんがえようがない。そうでなければ説明がつかないし、そうだとしてもやはり説明がつかない。いずれにせよ、おちついてかんがえている余裕はなかった。

襲われる――。

往本は反射的に飛び退いた。シロクマは往本のうごきをじっと見ている。いつ暴れ出すかしれたものではない。逃げるという選択肢以外、なにもおもいうかばなかった。問題はどう逃げるかだ。一瞬の選択が生死のわかれめになる。刺激しないよう、ゆっくりと距離をとるか。それともすぐさまかけだすか。

往本は音をたてないよう慎重にあとずさりした。ひざがふるえて、かけだすことはできなかった。脂汗が額をながれた。成型機の稼働するモーター音。シロクマのまばたきが往本を追いかけてくる。じわりじわりと距離をかせぐ。このサイズのシロクマなら、レプリカで見なれているはずなのに、いつもより大きくかんじられた。前足をふりあげれば、かんたんにその爪がとどく距離だ。

後退する足どりがおぼつかない。かといって背を向けることもできない。目をはなせばどうなるかわからない。後ろを向いたとたんに襲ってくるかもしれない。

足もとに清掃用のバケツがあるのに気づかなかった。バケツをけって体がよろめいた。転倒こそしなかったものの、バケツは派手な音をたてて転がり構内に響いた。シロクマは、ぐっと身をかがめた。接近するシロクマの顔。獣の臭い。往本は声も出なかった。

往本は走った。結果がどうなるかなど考えてはいられなかった。とにかく走った。一目散に逃げた。ふりかえりもせずに。そんな余裕があるなら、全力で足をうごかしたほうがましだ。一瞬でも速度を落とせば命取りになる。

全速力でかけぬけた。あたまのなかは白紙状態だ。

構内に人の気配はない。助けを呼んでも無駄。さけんでも誰の耳にもとどかない。

だだっ広い工場の敷地。まわりは貧民街だ。悲鳴がきこえたからといって、気にするものなどいない。わめいたところでよけいにシロクマを刺激するだけだ。

往本は作業着のままロッカールームのまえをすぎ、重い安全靴で玄関をとびだした。暑苦しい夜の空気が肌にまつわりついた。街灯はとぼしく、夜は暗かった。

*

翌日、往本は午後から出勤した。ひとけのない社員食堂でおそい昼食をとっていたら、同僚の粒山(つぶやま)フサオが顔をみせた。往本の同期だ。同い年だというが、髪の毛が薄いせいか、往本よりもだいぶ年上にみえた。四十すぎだろうか。そのわりにはどこか頼りない雰囲気があった。粒山は被毛部ではたらいている。レプリカに人工の毛皮をはって最後のしあげをする部署だ。

「つかれてるみたいですね。昨日もおそかったんですか」

粒山はなよなよとした薄ら笑いをうかべて、往本の向かいに座った。同い年なのにていねいな言葉遣いをする。薄ら笑いはいつものこと。もともとそういう顔なのだ。

往本はあいまいにうなずき、薄っぺらい鮭(さけ)の切り身を箸(はし)でつついた。

「昨日、シロクマみた」

往本は顔もあげずにいった。まぶたは重く、頭のなかに鉛をつめこまれたような感覚がしていた。

「シロクマならいつもみてるじゃないですか」粒山はいった。レプリカのことだ。

「それより部長はまだもどらないんですか」

「まだ」

「インドネシアですよね」

「どこだったろう。おぼえてないな」

往本は部長の行き先がおもいだせず、ぼんやりとした視線を遠くへ向けた。

「マレーシアでしたっけ。ゴム農園に視察に行ったんでしょう?」

「有休だったような気もするけど」

自信はない。部長に関するさまざまな憶測をきいているうちに、どれがほんとうだったか、記憶があいまいになっていた。

「いや、視察ですよ。もうずっとあってないから顔の輪郭もあいまいですね」

そういわれて、往本も部長の顔がうまくおもいだせないのに気づいた。

「昨日は何時にあがったんです?」

「あ、タイムカード押してなかった」

「それじゃ、昨日のぶんは、ぱーじゃないですか」

粒山は少しおどろいた顔をした。

この工場には人事部がない。あるいはそう見えるだけで、どこかに存在しているのかもしれないが、知っている人はいない。それに新卒もいない。みな中途採用だ。入社式も自己紹介も歓迎会もない。懇親会やイベントのようなものもない。社員はいつのまにか配属され、いつのまにかいなくなる。それがあたりまえなのでだれも気にしない。

タイムカードは部長にいえば、自己申告でも時間を記入してくれるのだが、その部長がいない。原則としてタイムカードを押し忘れた場合は、たとえほかの従業員の証言があっても、労働時間は認められないことになっていた。

そもそも現在、品質管理部で作業しているのは往本しかいない。部長は出張か休暇。ほかは辞めたか来ないかどっちかだ。かれらの顔もおもいだせない。

ここではおよそ百人前後の人がはたらいている。それほど大きな工場でもないが、その数を正確に把握しているものはいない。往本と粒山の例にもれず、たがいの正確な年齢もわからない。だれも関心がないのだ。過去にも、未来にも。そんなことをいちいち気にする人などいない。目の前の仕事をこなして賃金さえもらえれば、なんの文句もない。社長の姿をみたものもいない。この工場も数ある支社のひとつだといわれているが、実際はたらいている人たちにとって、そんなことはどうでもよかった。工場の立ち行きなど、話題にすらならない。倒産する気配もないし、帰属意識もなかった。社名の「株式会社トーヨー」がなにを意味するのか、知っているものさえいない。東洋なのか、桐葉なのか、盗用なのか。漢字で書くことすらできなかった。

粒山は真剣な口調で、

「なぜ忘れたんです」

と前かがみになって往本に顔をよせた。タイムカードのことだ。その頬は水でふやけたみたいな白い肌をしていて、出来損ないの木綿豆腐をおもいおこさせた。

「シロクマがいたから。あわてて逃げてきた」

頭がはっきりしてくるにつれ、あのシロクマはどこへいったのだろうと不安になった。

「なんの話です?」

表情を変えない豆腐。豆腐には髭(ひげ)を剃(そ)ったあとがある。

「うごくシロクマ。昨日の夜。みんな帰って、自分しかいなかった。そのシロクマ以外にはね。すごくおおきくて襲いかかってきたんだ」

粒山から薄ら笑いが消えた。だがすぐにいつもの表情にもどり、

「そんなのいるわけないじゃないですか。往本くんもずいぶんおかしなことをいいますね」

いつも以上ににやにやとした笑みがこぼれた。背もたれによりかかり、やさしげな目をむけた。冗談だとおもっているようだ。

「今朝、どこかにいなかった？」

「からかってるんですか」

「いや。現場で見たんだけど」

「よほどつかれてるんですね」

粒山は気の毒そうに眉(まゆ)をよせた。

「どこへいったんだろう」

ひとりごとのように往本はいった。

「うごいてたんですか」と粒山。

「うん」

「ありえませんよ。動物園から逃げたっていうニュースはきいてないですしね」

「このへんに動物園なんかないよね」

「そうですよ」

粒山は即答した。もちろん知っているという顔だった。粒山が次の言葉を待ち受けるようにしているので、往本は話をつづけた。

「シロクマのいる動物園なんて、世界でも三つぐらいしかないしね」

ひとつは日本にもあるけど海の向こうの浦塩市だ。こんなところまで逃げてきたのなら大ニュースになる。

「そのとおりです」

と粒山はあたりまえらしくこたえた。つまり、それだけばかげたことだといいたいらしい。野生のシロクマは絶滅したのだ。あとは動物園に残ったクマだけ。シロクマがこんな田舎の工場に姿を見せるわけがなかった。

往本は箸で鮭をつつくが口に入れようとはしない。粒山はしめくくるように、

「まあ、もしほんとうにうごいているシロクマがいたというのでしたら、考えられることはひとつです。人形のなかに人がはいっていたんですよ。といっても、それもありえない話ですけどね」

往本は視線を落としたまま目もあわせずに、そうかもねとちからなくつぶやいた。

工場で製造しているシロクマに、人がはいることはできない。重量と質感、そして弾力性をたもつため、レプリカの内部にはパラゴムの木から採れるラテックスがはいっている。もちろんびっしりとつめこまれているわけではなく特別な工法で、肺胞がよりあつまったように一定の間隙をおいて注入されているのだが。体の箇所によってその密度は変化しているものの、人がはいれるようなすきまはない。だから粒山の説明だってつじつまがあわない。

とはいえ、つじつまなどはどうでもいいことなのだろう。

「そんなことより今度の土曜日なんですけど――」

粒山は週末の予定を話しはじめた。

*

ふたりの会話を廊下のかげで立ち聞きしているものがいた。長身で猫背の工場長だ。古びたフレームのメガネをかけた顔色は蒼白で、作業着よりも青くみえた。

粒山が工場の敷地の周辺にある用水路で釣りをする話をしていたところへ、工場長はそそくさと音もたてずに食堂を横切り、ふたりがいたテーブルの席に着いた。みょうに遠慮がちなそぶりで、とても工場のリーダーとはおもえない。

馬鯛工場長は、ときどき構内を巡回しているが、ほとんどの従業員は彼がうしろに立っていることすら気づかなかった。もちろん、しずかに立ち去ったことに気がつくものもいない。

だが、さすがにこのときばかりは気づいた。食堂にはほかにだれもいなかったのだから。粒山はおもわず口をとじた。せまい窓口でしきられた調理場の奥にも人影はない。洗い物をしている水の音と白い湯気がのぞいてみえるくらいだ。あとは機械の作動音が壁の向こうから、通奏低音のように響いてくるだけ。それはどこにいたってきこえてくる。

工場長は腰をおろしたまま、なにもいわなかった。うつむきかげんでテーブルの角に目を落とし、うつろな表情をしていた。顔色はいつにもまして青い。三人とも黙ったままだった。往本と粒山は居心地がわるくなってきた。しかし工場長はそんな無言の間にも気づいていないようだった。

粒山は落ち着かない笑みをうかべ、なにか言葉を切り出そうとイスから腰を浮かせるようにした。目をしばたたかせ、話題をえらぶようすがみえた。窓の外の空は灰色によどんでいる。ひと雨降りそうな気配だ。粒山がなにかいいだしかけたところで、馬鯛工場長は顔をあげた。粒山は口を半開きにしたまま固まった。

「ふたりともちょっと来てもらえませんか」

工場長はいった。メガネに隠れた小さな目。感情を読み取ることはできない。

往本と粒山は不安そうな面持ちで工場長について廊下を歩いた。工場別棟の古い急勾配（こうばい）の木製の階段をあがった。三階のつきあたりに工場長室はあった。最上階だ。ここまで来ると、作業棟の機械の音もかすかになっていた。音というより震動に近かった。工場長に目でうながされ、ふたりは部屋にはいった。

部屋はせまかった。天井は低く、せのびをすれば手がとどきそうだ。小さな窓から鈍い光がさしこんでいる。窓の反対側の壁には木製の棚があり、たくさんの書類が未整理のまま押し込められていた。よごれた事務机の上にも書類が積まれている。どれも黄ばんでいるものばかりだ。書類の横には旧式の小型タイプライターがあった。アルファベットとひらがなしか打てないやつだ。

くすんだ壁にはあちこちにひびがはいっていた。ひびはなにかの模様か地図のようにもみえた。抽象的な地図のあいまに写真が貼りつけられている。正方形に近い特徴的なかたちから、ポラロイドカメラで撮られたものだとわかる。写真はどれも部屋のなかを写したものばかりだ。窓の下に置かれた鉢植えの写真もある。鉢は動物をかたどっていた。ゾウの背中からのびた植物がオレンジ色の花を咲かせている。板張りの床は歩くと壊れそうな音をたてた。黄土色の空気が何十年もまえから部屋に沈殿しているかのようだった。

机の向こうにすわった工場長の顔色は、さっきよりもひどくなっている。いまにも口から血を吐いてたおれそうな感じだ。往本と粒山は机のまえのソファをすすめられ、ならんで腰をかけた。ほこりっぽいソファだ。ふたりは浅く腰かけ、両足をきちんとそろえたまま、工場長の言葉を待った。ソファのはしから詰めものの綿がはみでている。

「鮭が好きなの？」

工場長は往本の顔をのぞきこむようにしていった。

「いえ。ふつうです」

理由はわからないが、社員食堂のメニューには鮭定食しかない。だれも文句をいうものはいない。工場長は意外そうに首をかしげてつぶやいた。

「でも」

言葉をとめる工場長。うごきが固まった。黄土色の空気がゆっくりと水位を上げていく。往本は沈黙にたえられず先をうながした。

「でも？」

「いや、なんでもない」

工場長は固まったまま話をうち切った。視線はじっと往本に注がれたままだ。

「なにかお話でもあるんですか？」

粒山がおもいきってたずねた。

「わからないんだ」

と工場長はいった。わからないのはぼくらのほうですよねといいたげに粒山は往本と目をあわせた。そのままふたりが黙っていると工場長は、

「きみたちは鮭釣りの話をしていたね」

といった。用水路の話をしていたが、鮭の話はしていない。工場を取り囲むようにながれていて、そこで魚が釣れることはたしかだ。先週の休日も、粒山が知りあいの女たちをつれて、魚とりをしてあそんでいたのを往本はみた。しかし鮭はみたことがない。狭い用水路を遡上（そじょう）して産卵しに来る鮭などきいたこともない。

「鮭釣りはいいものです」

と粒山がこたえた。往本は粒山をみた。粒山は平然とした顔をしていた。

「やはり鮭が好きなの？」

工場長は粒山をみていった。

「はい。わりと」

往本はだまってきいていた。

「シロクマは好きなの？」

工場長がいうと、粒山は返答にこまったような顔をして往本に視線を向けた。

「それは往本くんにきいてください」

と粒山。

「シロクマは好きなの？」

メガネごしに往本の目をのぞきこむ工場長。なんとこたえていいか迷っていると、

「シロクマの話をしていたよね」

「はい」

往本は返事をした。すると工場長は机の書類をかきわけ、ここに資料があったはずなんだけどと独り言をいった。書類の山が崩れソファのまえのテーブルに散らばった。往本と粒山は立ちあがって書類をかきあつめた。順番がばらばらで、もとがどうだったのかわからない。あれこれ書類を見くらべて正しい順番をさがしたが、工場長はそのままでかまわないよというので、てきとうに束ねて机にもどした。書類はすべてひ

らがなで打たれていた。どれもタイプライターで打たれたものだ。

「ちょっとしらべてもらえるかな」

と工場長にいわれたが、なんの話かわからなかった。なにげなく机の書類に目を落とすと、工場長はそれを隠すようにして手早くかたづけた。

「なにをです?」

粒山がたずねた。

「シロクマについてしらべてほしいんだ。うごいてるの、見たんだよね?」

工場長は表情を変えずにいった。粒山がなにかいおうとすると、工場長はそれを制して、

「くれぐれも内密にたのむよ」といった。

工場長が気づいたのは先月のことだった。この三階の窓から目撃したのだ。シロクマは第一作業棟と第二作業棟とを連絡する渡り廊下を歩いていた。月明かりが暗く、はじめは作業員がレプリカを搬送しているのかとおもったがちがった。やがて毎晩きまった時間に姿を見せることがわかると、ある晴れた満月の夜に渡り廊下の手前に並んでいるドラム缶の陰に隠れて待ちぶせをした。

おなじ時間にシロクマはきた。第一作業棟の通用口から姿をあらわし、人間のよう

に二本足で廊下を歩いていった。馬鯛工場長はドラム缶のあいだから、その姿をはっきりと目撃した。

工場長はいそいでそのあとを追いかけようとした。だが第一作業棟のほうから、いやなにおいが漂ってくるのに気づいた。それからすぐに妖精の金切り声のようなものがきこえた。自動運転中のＮＣ工作機が油を切らして煙をあげている音だとわかった。工場長はあわてて第一作業棟へかけこんだ。

工作機は悲鳴をあげながら金属を粉砕していた。回転する刃が何度も突きあげ、機械はからだ全体をつかってふるえていた。工場長は機械の電源を落とした。構内は無人で、そのまま気づかずにいたら工作機は故障し、悪くすれば工場まるごと火災になっていたかもしれない。さいわい機械の保守整備とねじれて形の崩れた金型の廃棄処分だけですんだ。

それが先週のことで、それからシロクマは姿を見せていないという。

「みたのは往本くんで、ぼくはみてません」

という粒山を無視し、

「正体をつきとめてもらいたいんだが」

と工場長は話をとじた。往本が、

「どうでしょうね。わたしもちょっと疲れていただけかもしれませんので」

と言葉を濁すと、

「わたしも疲れているよ」

と工場長は真顔でこたえた。往本は工場長がどういう意味でいっているのかわからず、

「なにかの見まちがいということもかんがえられないですか」

といってみた。昨夜みたのはまちがいではないとおもっていたが、正体をしらべろといわれてもこまる。そんなめんどうをまかされたくはなかった。すると工場長は、

「きみもわたしも頭がおかしいということなのかなあ」

とまばたきもせずに往本を見つめた。

「いえ、そういうわけでは」

「ふたりいっぺんにおかしくなるのもおかしいよね」

「そうですね」

「やはりしらべてみないといけないね」

工場長の顔色はいっそう悪くなっているようにみえた。

「でもうちの部署はいそがしいんですよ」

「品質管理部だよね」

「はい」

「シロクマの検査もしないといけないね」

「してますけど」

「うごくシロクマのほうだよ」

「そっちの知識はないですので。マニュアルにも載ってなかったとおもいます」

工場長の顔はあまりに青く、まるで死人のようだった。

「きみはわたしが首になってもいいの」

と工場長はいった。

「なぜ工場長が首になるんです？」

「だって工場を管理するのがわたしの仕事だよ。それができなければ生きている意味がないよね。従業員をとりまとめることもできず、製造したシロクマがかってにうごきまわっているとあっては、業務怠慢のそしりは免れない。わたしはこの世界から抹消される」

「ふつう、わたしが首になるんじゃないですか」

往本はいった。

「なぜだね」

「いうことをきかないのはわたしなので」

「わからないな……」

　と工場長はつぶやき窓のほうへ顔を向けた。往本は助けを求めるように粒山をみたが、かれもどう対処していいかわからずふやけた表情でうろたえているだけだった。

工場長の視線は窓の下のゾウの鉢植えに注がれていた。みたことのない南方的な花が咲いている。この工場ではゾウのレプリカは製造していない。そこまでおおきいものをつくるだけの設備はない。往本の視線に気づいたのか工場長は、

「われわれにもゾウとおなじくらいの記憶力があればよかったのだがね。まあゾウにかぎらず、鮭や花にだって記憶はあるのだけどね」

　とつぶやいた。往本があいまいにあいづちをうつと、

「ゾウはたがいに強いおもいやりを持っている。困っている仲間を助けたり慰めたりするんだ。非常に繊細で情感豊かないきものだよ。寿命は約七十歳。群れをつくって広大な土地を移動して暮らしている。かれらは何十年もまえに仲間が死んだ場所をとおりかかるとね、群れでたちどまって、その仲間を悼(いた)むんだよ。すばらしいことだ。人間なんかとうていおよばないすぐれた能力だ」

工場長は鉢植えに目を落としたまま、静かな顔をしていた。粒山がひじで往本のわきをつついて先をうながすよう合図した。往本はいった。

「シロクマをしらべるのはわたしの業務なんですか」

工場長は顔をあげた。

「そうだね。そうだろうね。レプリカの最終的なチェックをするのはきみだからね。責任をもってやってもらわなくてはわたしもこまるね」

「でも、それってここでつくったレプリカなんでしょうか」

「だとおもうよ」

「ほんもののシロクマかもしれないですよ」

「ほんもののシロクマなんていないよ」

「動物園から逃げたという可能性もあるのでは」

「動物園のシロクマはおとし死んだよ。世界最後のシロクマだった」

「そうでしたっけ」

往本が粒山の顔をみると、かれも工場長に同意するようにうなずいていた。まだ三頭のこっていたような気がするのだけど。

「ほんものだったら科学的なニュースになる。レプリカ以外にかんがえられないよ」

と工場長はいった。

「なぜレプリカがうごくんでしょう?」

「それをしらべるのがきみたちの役目だよ」

そこで粒山が口をはさんだ。

「あの、ぼくはみてないんですが。それに部署もちがいます。往本くんは品質管理部だけど、ぼくは被毛部ですので業務外かと」

「もうおそいよ。話をきいてしまったんだから」

という工場長。粒山は情けない顔をし、往本は、

「品質管理部は自分しかいないので、ひまがないんですが」

「そっちはいいよ。だれかまわしておくから。どのみちひとりではたりなかっただろう。きみはシロクマをしらべてください。うごくシロクマがどこへいったのか。それと製造過程のどこかでなにか手違いがあったのかもしれないので、ひそかに調査してみてください。品質管理部ならぬきうち検査という名目でいいでしょう。不審な点があったら、どんなことでもよいので、わたしに報告してください。話は以上です。もうこの部屋から出ていってください。めいわくです」

というなり工場長は口をつぐんだ。イスの向きを変え、窓を見あげたままうごこう

としない。すると電話のベルが鳴った。壁に取りつけられたダイヤル式の黒い電話機だ。けたたましい目覚まし時計のような音だった。工場長は電話に出るそぶりもなく、そのまま固まっていた。往本と粒山は顔を見あわせ、困惑した表情でしずかに工場長室をあとにした。粒山が先にたち、狭い階段をきしませながら降りた。電話のベルは鳴りやまなかった。

工場別棟から社員食堂のある旧作業棟へもどる廊下で粒山はいった。

「ぼくは知らないですよ。シロクマをみたのは往本くんなんですから。ぼくは関係ないです」

「でもふたりでやれっていってたじゃん。じゃないと首になるんじゃない」

「首になるのは工場長ですよね」

「直接いうと脅しになるから、遠回しにいっただけだとおもうけど」

「だとしてもぼくは関係ないです。どうしてぼくまでシロクマをさがさないといけないんですか」

「話をきいたから」

「それ往本くんのせいじゃないですか」

粒山はたちどまって少し怒ったような顔を向けた。怒っていても口もとがにやけているので、往本はみょうな印象をうけた。

「ごめん。こうなるなんておもわなかったし。でもどうしたらいいんだろう。ほんものシロクマがいないなら、やっぱりレプリカに人がはいっていたのかな。はいるスペースなんてないはずなんだけど」

「ぼくにきかれても知りませんよ」

「なかに人がはいれたところで、なぜそんなことをしたのかがわからないしね」

往本は廊下の窓から外をながめて考えるふうにしていたが、粒山は気乗りしない声で、

「ぼくはこんなこと知りたくなかったですよ」

といった。

「自分だって好きで目撃したわけじゃないよ。だけどふしぎだなとおもって」

「これ以上まきこまないでください」

粒山は懇願するような目で往本をみた。往本がとまどっていると、粒山は仕事にもどりますといって、廊下の角をまがり第一作業棟へと去っていった。

＊

往本は品質管理室で、工場長からわたされたシロクマの毛を分析していた。うごくシロクマの毛だ。渡り廊下に落ちているのをみつけたのだという。往本は顕微鏡をセットしながらおもった。

「どうしてこれが問題のシロクマのものだとわかるのだろう――」

被毛部から品質管理部へレプリカを搬送する過程で、ほぼすべての製品が作業棟を連絡する廊下を通過する。そのときにレプリカから落ちた毛かもしれないじゃないか。それにうごくシロクマといっても、レプリカに人がはいっていたのなら、毛をしらべても意味がない。どっちみち合成繊維のはずだ。

しかし別の問題もあった。レプリカといっても、ここで作られたものとはかぎらないのだ。それをつきとめることができれば、なんらかの手がかりにはなるだろう。この工場で使用されている繊維であるなら、内部でなにかみょうなことが行われているという可能性が高くなる。そうでなければ、外部からの侵入者がいるということだ。

とりあえずは、この毛が株式会社トーヨーの製品とおなじものかどうかをしらべなければいけない。

トーヨーで使用されている被毛はすべて合成だ。天然のものはつかわれていない。もっともそれはトーヨーにかぎったことではないが。

「いまどき天然の毛皮なんかつかったら、すぐに摘発されて工場は閉鎖になりますよ」

と粒山はいっていた。あらゆる動物は国際的に保護されているのだ。許可なく飼育したり、乱獲したりすることは固く禁じられている。だからこそ、この会社が成り立っているのだろう。でなければ動物のレプリカなど、だれが買うのか。その具体的な出荷先はわからないが、おおかたイベント業者か、店舗の飾り、客寄せ、動物マニア、金持ちの趣味などだろう。あまりいい趣味とはいえない。

顕微鏡のピントを合わせる。毎日やっていることだ。むずかしいことはない。だが往本はあたまがぼんやりとしていた。連日の残業で疲れがたまっていた。部屋の外で組立部が金型を持ちあげているクレーンの音がきこえる。そして成型機が裸のレプリカをはきだす音。それから室内の空調の音がきこえた。往本はふたたびレンズをのぞきこんだが、その目はなにも見てはいなかった。どこかひっかかることがあった。ビニールのパックに入れられたシロクマの毛。

「いつこんなものをわたされたのだろう――」

どうもおもいだせなかった。工場長からわたされたはずなのだが、そのいきさつがおもいだせない。粒山とふたりで工場長室に呼び出されたのはおぼえている。しかしそれからあとの記憶がない。

あのあと工場長がたずねてきたのだろうか。往本は顔をあげた。染みひとつない目の前の白い壁。廊下で粒山とわかれたあと、工場長が追いかけてきたような気もする。とにかくシロクマの毛はここにある。いきさつはどうあれ、わたされたことは事実だ。

往本は気を取りなおして、検査に集中した。

ピントが合った。すぐにいつもの見なれた被毛とはちがう種類だとわかった。毛は透明で中心が空洞のストロー状になっていた。そんな繊維は工場では使用されていない。それぞれの太さも一定ではなかった。合成繊維ならどれも同じ太さのはずだ。

「ほんものじゃないか」

往本は何度も確認したがほんものの毛におもえてしかたがなかった。なかが空洞になっているのはシロクマに特徴的なものだ。内部に空気を蓄積することで断熱効果が生まれ、寒さをしのぐことができる。レプリカにつかう合成の被毛で、それを再現するのはきわめてむずかしい。しかしシロクマは絶滅したはずなのだ。

「鳥の羽根もなかが空洞ですよ」

粒山はそうこたえた。往本は確認をとるため、第一作業棟へいきたずねてみた。被毛部なら工場で使用されている繊維について詳しいだろうし、粒山ならこの話をしてもあやしまれる心配はない。

「とはいえ鳥の場合は空を飛ぶための軽さとしなやかさを確保するための構造ですがね」

「うちは哺乳(ほにゅう)類しかつくってないよね」

と往本は記憶をたぐり寄せるように視線を漂わせた。往本が品質管理を担当したかぎりでは見たことがない。もしかしたら過去にペンギンのレプリカでもあったかもしれないが。あれはカタログでみたのか、それとも図鑑でみたのか。そのあたりはあいまいだ。すると粒山は、

「やだなあ。どうして毛の話をすると視線が上にいくんですか」

と頼りない笑みをうかべた。粒山はヒツジとロバの中間のような草食動物に植毛する作業をしていた。

「それはなに」

ときくと、

「アルパカです。あのもこもこした。こういうのって案外らくなんですよ。見たかんじが、いかにも整っているじゃないですか。ほんものみたいにきれいに毛を揃えるのって、なかなかむずかしいだろうっておもいがちなんですがね、むしろ逆なんです。みかたを変えれば人工的っていうことですから。そういうのをまねするのは簡単なんです。だって、ぬいぐるみみたいでしょう。かえってごまかしがきくんですよね。作業も楽になります」

被毛部にはほかにも植毛されたレプリカや、途中のレプリカ、丸裸のレプリカがたくさん順番待ちをしていた。アルパカのほかには、オポッサムやウォンバット。それからコアラにタスマニアデビル、カンガルーやワラビーなどといった有袋目がならんでいる。粒山は植毛しながら話をつづけた。

「アルパカよりも、カバとかサイみたいなのがやっかいなんですよ。ほとんど毛がないようにみえるでしょう。でも毛はあるんですよ。ちょっとですけどね。そういうタイプのほうが神経つかいますね。どうしても不自然にみえてしまうので。あれをうまく仕上げるのは、熟練した技術が必要になります」

往本はあたりをうかがうようにして小声できいた。

「それより調査を手伝ってくれる時間はないのかい。シロクマの毛がほんものだとしたら、どうすればいいんだろう」

粒山は作業の手をとめ、すっとんきょうな顔をした。

「え、どうして調査しなきゃいけないんですか？」

「だって工場長に指示されただろ」

「そんなの知りませんよ」

「いつもの仕事はいいから、シロクマを調査しろっていわれたじゃないか」

「工場長とは話してません。へんなこといわないでくださいよ」

と粒山は冗談でもきかされたみたいにわらった。とぼけているのだろうかと往本はおもった。ほかの従業員がまわりで作業しているから、わざと知らないふりをしているのかもしれない。

「ちょっと休憩しようよ。食堂でコーヒーでも飲んで」

人がいないところなら、まともに話ができそうな気がした。

「いいですね。これもう終わりますから少し待ってください」

往本はうなずき、アルパカが仕上がっていくのを見学した。この工程が終わると品質管理部にまわされる。チェックをパスしたものがパッケージされ、搬出用の出荷倉庫にならべられる。できあがったアルパカはほんものそっくりだった。まったくうごかないという点をのぞいては。

「資材部できいてみてはどうです」

と粒山はコーヒーを飲みながらいった。

工場の製造過程には設計部、資材部、金型製作部、組立部、成型部、被毛部がある。動物の型を設計し、その図面にそって金属を切り出して金型をつくる。その金型を組みあげて、成型機でプレスする。すると剝き出しのレプリカができあがるので、それぞれの動物にあった合成繊維を植毛するという工程だ。

資材部では金型を製作するための金属類や、成型部でレプリカの原料となるペレットやゴムシリコンの管理をしている。もちろん毛皮に使用される各種合成繊維も含めて、すべての材料を取り扱っている。

＊

資材部のうみみず未波は往本の姿をみると、またかという顔をしてため息をついた。べつにいそがしいというわけではない。ブラウン管のばかでかいモニタのパソコンで五目並べをしていた。黄色っぽい簡素なスカートに涼しげな半袖の作業着。事務的な作業が多めの女性従業員の格好だ。彼女は粒山とちがって同期ではない。正確な年齢はわからないけど、往本とおなじぐらいだ。入社したのはうみみずのほうがさきだった気がする。はっきりとはおぼえていない。資材部室にはほかに部長がいたが、部長はイスに腰かけたまま眠っている。往本がパソコンの画面をみて、

「地味なゲームだね」

　というと、

「今度はなに？」

　と画面から目もはなさずにいわれた。うみみずはだれにも愛想がなかった。今度ってなんだと往本はおもったが、五目並べの白が三つならんだ先と、二つならんだ先が交差して空いているのをみて、

「それもう負けじゃん」

「うるさいな」

　といっているうちに交差している地点に白がおかれた。うみみずは四つならんだ白の端に、黒をおいて五つならべられるのをふせいだ。しかし同時に両端がふさがれていない三つの白ができていたので、白はそれを延長してべつの四つをならべた。いまさら黒で端をふせいでも無駄だ。反対側があいているのだから、五つならべられてし

まう。うみみずは舌打ちし、くそうといってディスプレイを叩(たた)いた。ブラウン管が一瞬暗くまばたきして、もとにもどった。

「あの、ちょっといい」

と往本はいった。

「なんでもっとはやくいわなかったの。わざと勝負をつけずに盤面を全部埋めつくす予定だったのに」

うみみずが不機嫌そうな目でにらんだ。

「ききたいことがあるんだけど」

「あれはただの製品名だっていったじゃん」

「なにが？」

「炭素、窒素、リン」

「なにそれ」

「まえもきいたじゃん」

「なにを」

往本は混乱した。

「なんで資材倉庫にこんなのがあるのかって。まるで生物の材料みたいじゃないかって」

「だれが？」

「往本だろうが。なにぼけかたってんだよ。このくそが」

うみみずはめんどくさそうに顔をしかめた。往本はびびったが、とまどいがちに、

「きいてないんだけど」

「おまえなにいってんだよー」

とうみみずが声を荒らげて腰を浮かせたので、

「部長おきちゃうんじゃないかな」

とひかえめに指摘すると、うみみずは苦い表情で座り直した。

「まだなんかあるの」

うみみずはいった。部長はこくりこくりと船をこいでいた。メトロノームのように正確なうごきだ。みているほうまで眠くなってくるような空気を室内に発散していた。

「まだっていうか。おれ、なにきいたんだっけ」

「だから倉庫いって、リンとか窒素とか書いてある資材をみて、これほんものかっていうから、それはただの製品名だから実際に名前のとおりのものが入っているわけじゃない。そういう名前で流通してるゴムシリコンだって説明した」

「なんでそんなことをきいたんだろう」

と往本はいったが、また横目でにらまれたので、ごめんとあやまった。うみみずは軽くため息をつき、

「だいたい生物を構成する元素があったところで、生物が作れるわけないじゃん。神様じゃあるまいし。ただの人形工場だよ。材料かきあつめるだけで生き物ができたら、世界を揺るがす大事件でしょ。人間みたいなロボットは作れたとしても、生き物は作れないね。ロボットも生き物のひとつだっていうのはまたべつの話だし。人間が生命をうみだすのはさすがに不可能だね」

とだらだら語った。なぜこんな話になったのか、往本には理解できなかったが、

「人間も生命を作れるとおもうけど」

とこたえた。

「まだこの話つづけるの？」

「いや、つづけないけど。でもうちらだって、それぞれの親が作ったわけだし。まあ、工場や実験室で作ったわけではないけど」

「あーその手があったか。でもそれ製造じゃなくて繁殖じゃん」

「ちがうのかな」

「なんかちがう」

「そう」

「うん」

「なんの話だったっけ？」

「こっちがききたいんだけど」

うみみずがつかれた顔でいった。

「えっと。シロクマ、じゃなくて。毛。繊維。合成繊維」

「それがどうかしたの」

「うちでつかってるのって、どれも100%合成繊維だよね」

「あたりまえじゃん。アクリル、ポリエステル、ポリエチレン、ポリスチレン、その他いろいろ。天然の繊維なんて、粒山の頭髪なみに貴重だよ」

「天然はまったく入れてない？」

「仕入れた時点で逮捕でしょ」

「だよね。じゃあ、天然によく似た合成繊維ってある？」

「よく似たってどの程度？」

「ものっすごい似てるやつ」

「すげーアバウトだなおい」

「うーん。おなじタイプの繊維なんだけど、それぞれの太さにどれもばらつきがあったり。それとストローみたいになかが中空になってるようなやつ」

「なにそれ。そんなめんどくさいのつくってる繊維工場なんてないでしょ。あったとしてもマニアックすぎ。そんな素材つくっても売れないし、あほみたいに手間かかりそう。もとがとれなくて会社つぶれるだろうね」

「やっぱないか」

往本は肩を落とした。

「なんで？」

とうみみずはきいた。シロクマのことをいうわけにはいかなかった。工場長からくれぐれも内密にと注意されているのだ。それに話したら、うみみずまで巻きこむことになる。そうなったときのうみみずの怒りを予想すると往本はなにがなんでも話す気にはなれなかった。会うたびにすれちがいざま、顔面にげんこつをめりこまされるにちがいない。アメリカ合衆国産の動物アニメみたいに。

「品質管理という職掌柄、よりリアルなレプリカにこだわってみたいなあとおもっただけです」

といって往本はごまかした。あほくさといって、うみみずはパソコンに向き直り、五目並べのスタートボタンをクリックした。ディスプレイのわきにはむずかしそうな本が山積みにされていた。タイトルをみてもなんの本なのかわからない。よほどひまなのだろうと往本はおもった。

＊

ゆうがたまでに往本は工場内の各部署をまわってみたが、とくに変わったところはなかった。製作部、組立部でつくっている金型もごく普通。設計部だって特殊なものを設計しているようすもない。成型部から被毛部へ搬送される裸のレプリカも、なんの異常もみられなかった。みな定時であがろうといそがしく立ち働き、往本のことを気にするものなどいなかった。

往本は自分がなにをさがそうとしているのかわからなくなってきた。人が入れるようなレプリカをつくっているようすはない。とすると自分がさがすべきなのはほんもののシロクマということになる。品質管理部の戸棚に保管してあるシロクマの毛も、ほんものが存在することをしめしている。しかし現実問題として、シロクマは存在していない。動物園で飼育されていたのを最後に絶滅したというのだから。

やがて定時のベルが鳴り、作業員たちはぞろぞろ帰宅していった。構内では自動運転をセットされたNC工作機や成型機が規則的な音をたてている。人影はまばらになった。

品質管理部の仕事は滞っていた。工場長はかわりの作業員をよこすといっていたが、だれもたずねてきた気配はなかった。工程表を確認すると、残業しないとまにあわない。しかしシロクマの毛が気がかりで、作業をすすめる気分にはなれなかった。

被毛部をもう一度たずねたが、だれもいなかった。被毛や品質管理のように手作業がメインの部署なら残業も多いはずだが、今日はみんな帰っていた。粒山もいない。

往本は気分転換に社員食堂へ行った。隅のほうのテーブルで鮭定食を食べている男がいたが、面識のない工員だ。組立部のだれかだったような気がする。みたことはあるけど、よくおぼえていない。そんな従業員はおおぜいいたので、べつに気にもならない。

食欲がないので自動販売機のコーヒー牛乳を飲んだ。なんだかテーブルに座っておちつく気分にはなれなかった。往本はストローで牛乳を吸いながら、テーブルを迂回するように歩き、夕暮れの橙色の窓から構内の敷地を見おろした。

ほとんどの人が帰ったあとらしく、作業棟や倉庫が静かに長い影を落としている。傾斜した太陽がまぶしかった。実際は太陽が沈んでいるのではなくて、地球が回転しているのだけど。

機械も回転するし、地球も回転する。世界は回転するものだらけだ。アパートに帰ってレコードを聴きたい気分になった。往本はレコードが好きだった。レーベルがくるくる回転するのをみながら音楽に耳を傾けるのが好きだった。このところ残業つづきで音楽を鑑賞するひまもなかった。

第一作業棟の裏で、なにかうごいているのに気づいた。ストローから口をはなし、首をのばした。作業棟からイスに座った人影が姿をみせた。がっくりとうなだれたまま、回転するキャスターで前進している。

資材部の部長だ。居眠りばかりしているその姿は、遠目からみても彼だとわかる。イスがかってにうごいているようにみえたが、すぐあとからイスを押している人の姿があらわれた。うみみずだった。作業用の帽子をかぶっている。資材部長は肘掛けに手をだらんとのせて眠っていた。車いすで運ばれているみたいなかんじだった。ふたりは資材倉庫のほうへむかっていた。

作業棟から倉庫のちょうど半分あたりまで来たところで、うみみずはイスをくるりと回転させた。三六〇度——ではすまず、七二〇度。一〇八〇度。何度も何度も回転させた。いきおいがつきすぎて、部長は肘掛けから半身がこぼれ落ちそうになったが、目覚めるようすはなかった。よほど熟睡しているらしい。うみみずはさらにイスを回転させていた。

「うみみずさんらしいな」

と往本はおもったものの、だからといってなぜそんなことをしているのかは、さっぱりわからなかった。ひとしきり回転が終わると、うみみずは満足したのか、イスを前へすすめた。こころなしか部長の体は斜めにかしいでいるようにみえた。コーヒー牛乳がずるずると音をたてて空になった。資材部長とうみみずは倉庫の奥に消えた。

「なにをしてるんだろう」

往本は首をかしげた。ちょっとたしかめに行ってみようとかんがえた。社員食堂を出て、階段をかけおりた。資材倉庫は、食堂のある旧作業棟から、縦にのびた第一作業棟をぬけた先にある。作業棟のなかは入り組んでいるが、建物沿いに外を走っていけば、それほど遠くはない。別棟の通用口をでて、かけだそうとしたところで馬鯛工場長に出くわした。

「往本くん、ちょっといいかな」

工場長につれられ、別棟の一階にある応接室で話をすることになった。工場長は往本にコーヒー牛乳をすすめたが、さっき飲んだばかりでたくさんだった。

「やはり鮭のほうがよかったかな」

と工場長は残念そうな顔をした。往本はシロクマの毛の検査結果を報告した。ほんもののシロクマの毛か、そうでなければ非常に精巧に作られた模造品だと。かりに合成繊維だとしても、工場では使用されていないものだし、資材部でも発注していないので、いずれにせよ正規のルートで工場に持ち込まれたものではないだろうと。

「外部からの侵入者がいるということだね」

工場長はいった。声に力がなかった。日が落ちているのに応接室は灯りがついていなかった。顔色はわからないが、声の調子からするとだいぶ具合が悪そうだった。

「侵入者かどうかはわかりません」

往本はこたえた。シロクマの毛がなにを意味するのか、まるで見当もつかないのだ。

「でも外部の繊維なのだろう。ならばうちでつくられたものではないということだ。どこかよそでつくられたレプリカを着て、なにものかが出入りしているとかんがえるのが筋が通っているのではないかな」

と工場長はいった。

「そうかもしれませんが、レプリカときまったわけでもないですし」

「まさかほんもののシロクマがいるとでもいうのかね」

「それは、わかりません」

「わかりきったことだ。ほんもののシロクマなどいるものか。ティラノサウルスがそこらをうろうろしているわけがないだろう。それと同じことをきみはいっているのだよ」

「ですよね……」

往本は声をおとした。絶滅が確認されたのはつい最近のことで、野生で残っている可能性はゼロではないのではとどこかでおもっていたのかもしれない。絶滅したという実感がなかったのだ。とはいえ、ここは北極ではない。こんな土地まで未確認のシロクマが南下してくるというのもおかしな話だ。はるばる海を泳いできたというのか。あまりに距離が遠すぎる。氷河期時代のシベリアとアラスカのように、地続きのベリンギアになっているのでもなければ渡ってくるのは不可能だ。

工場長は往本をじっと見ていった。

「侵入者をみつけ次第、つかまえてくれないかな。つかまえるのが無理なら始末してくれてもいい」

「始末ってなんです」

「始末といったら始末だよ。かたづけるんだ。この世界からね。抹消するという意味だよ」

「え、それって殺せっていうことですか」

「まあ、きみ流にいえばそういうことになるのかもしれんな」

「それ、いいかたずるくないですか」

「たんなる言葉のあやさ。そんなことは問題ではない」

「でも――」

　言葉など無意味だよと馬鯛工場長はいった。往本はその声の鋭さに二の句が継げなかった。工場長はひらきなおった調子でいった。

「そう。そうだよ。きみのいうとおりだ。殺してもいいということだよ」

「いやですよ。なぜ殺さなきゃいけないんですか」

「スパイなら殺されても文句はいえないだろう」

「でも、だって殺人ですよ」

「いいか。かんがえてもみたまえ。相手はシロクマだ。シロクマではないが、精巧なレプリカに身を包んだシロクマだ。だれもがほんもののシロクマと見まちがえるほどのね。だとしたら、それは殺人ではない。相手をシロクマだとかんちがいしたのだから。野生のシロクマだよ。おそわれたらひとたまりもない。生きるか死ぬかの瀬戸際(せとぎわ)だ。必死に抵抗して殺したところで罪には問われないだろう」

「でも、ほんもののシロクマではないっていったじゃないですか」

「わたしはそう考えているというだけで、きみがどうなのかはだれにもわからない。いずれにせよ息の根をとめれば、相手の正体もあきらかになるだろう。問題は解決だ。なかに人が入っているとわかった時点で、わたしがすべての責任をとろう。産業スパイを専門としている弁護士も知っている。きみは安心してクマを殺していい」

機械の音が響く工場の敷地。頼りない外灯の光がかすかに窓から部屋にさしこんでいる。往本には工場長のメガネだけが暗闇(くらやみ)に浮かびあがってこちらをのぞきこんでいるようにみえた。

*

その日は休日だった。粒山と約束していたとおり、往本は工場のぐるりにめぐらせてある用水路でいっしょに釣りをしていた。水路は幅が一メートルほどで、たえまなく水が流れている。にごりのないきれいな水だ。さわやかで心地よいにおいさえする。夏の光が白く反射していた。

ふたりはサンダルを脱いで水路の縁に腰かけ、素足を流れにひたしていた。冷たくて気持ちよかった。日射しが車どおりのまばらなアスファルトに照りつけていたが、用水路のおかげでずいぶんしのげた。道路の反対側にはさびれた住宅が立ちならんでいる。

釣り竿はまるで手作りのおもちゃだ。粒山がつくった。顔ににあわず、手先が器用だった。往本が来たときにはすでにバケツに何匹かの魚が泳いでいた。粒山は顔をほころばせながらおしゃべりしている。

「くらべるとえらべないんですよね。それぞれちがうわけでしょう。とてもしぼりきれませんよ。みんな個性があるんですから。やっぱりぼくとしては個性というものを尊重したいなあとおもうんです。だれもが唯一無二の存在ですからね。ぼくは女性にたいして平等なんですよ」

粒山は女にもてた。理由はわからない。髪はうすいし、決してよい顔立ちをしているともいえない。わらった顔がすてきというわけでもない。それでも同時におおぜいの女性とのつきあいがあった。

魚が水面をはねた。

「あ、逃げられた」

と往本は釣り竿をあげた。釣れるのは粒山ばかりで、往本は一匹も釣れない。

「つまり、ぼくは世界中のあらゆる女性を愛しているんです。これは自信をもっていえますがね。まだあったこともない地球の裏側のあの子だって、ぼくは好きになれますよ。そうじゃなきゃほんとうじゃないでしょう」

という粒山の話をききながら、往本はえさをつけなおした。えさは練った団子のようなかたちをしていた。往本は水面をのぞきこみながらいった。

「平等っていうなら、なにも女にかぎらなくてもいいんじゃない」

すると粒山は例のふやけた笑顔で、

「やだなあ。ぼくはそういう趣味ないですよ。愛するのは女性です。これは疑いをいれない厳然たる事実です」

「そういう意味じゃないんだけどね」

と往本はつぶやいたが、べつにどうでもよかった。粒山は声を低めて、用水路の前をふさいでいる工場の塀をあごでしめしながらいった。

「地下の話、知ってます?」

往本は塀を見あげた。薄ぼけた灰色の塀だ。

「地下なんてあるの」

「ええ。昔は墓地だったそうです」

「うそだあ」

「墓地かどうかはわからないんですけどね。でも地下があるのはたしかですよ」

「階段とかないよね」

「工場のなかから降りていく通路はみたことないんですけどね。でも水路のほうからはいれるんです」

「この水路から？」

「たぶんどこかでつながってるとはおもいますが、もっと地下のほうです。人がらくらくとおれるぐらいの地下水路がのびてるんですよ。そこをあるいていくとですね、ちょうど工場の真下にたどりつくんです」

「いったことあるの？」

もう何度もいってますよと粒山はいつにもまして気持ちの悪い笑顔をみせた。そしてそっと身をよせて小声でいった。

「女性のかたたちとよくいくんです。あそこなら、だれにもみつかりませんからね。

人目をはばかることなくデートできるんですよ。昨日も鰐田さんと遊びにいきました。たのしかったなあ」

鰐田といわれても、往本にはだれだかわからなかった。あえばわかるかもしれないが、あまりに数が多すぎて把握できない。名前と顔が一致しないのだ。アスファルトの車道を、一台の軍用トラックが排気ガスをはきだしながら通りすぎていった。

「ていうか、いま何人の人とつきあってるの？」

好奇心から往本はたずねた。だが粒山は、

「数の問題じゃないんですよ。女性を数で数えるなんて失礼です。お、釣れた」

粒山が竿をあげると針にかかった魚が太陽の光に白い腹をきらきらさせた。なれた手つきでバケツに魚をいれる。

「これはレインちゃんですね」

とたのしげな粒山。

「そんな魚きいたことないな」

「魚の種類じゃなくて、この魚の名前です。ぼくがつけたんです」

「いまつけたの」

「先週です。とったらいつも最後に放すでしょ」

「え、おなじやつなの？」

「そうですよ。顔をみればわかります。みんなそれぞれちがう顔をしてますから」

「そうかなあ」

往本はさっぱり釣れなくて退屈していた。また釣り糸を垂らして無邪気に水面を見つめる粒山。往本はそんな粒山を横目にみながら、シロクマを殺すよう命じられたのをいうべきかどうか決めかねていた。シロクマを目撃したのは自分だ。粒山はその話をきいただけ。それを始末しろなんていわれても困るだろう。これ以上めんどうに巻きこむのはすまないような気もした。

「皆殺しだよ」

と工場長は青白い顔でいっていた。意味がわからなかった。まるでシロクマの格好をしたスパイが何人も潜んでいるかのようないいかただった。もしそうなら、とうてい自分の手に負えるような問題ではない。

往本はため息をつき、なんとはなしに粒山のバケツをのぞきこんだ。魚の顔に個性なんてあるのだろうか。数匹の魚が泳いでいるが、多少の大きさのちがいをのぞけば、どれもおなじ顔をしている。しかし、そんななかでも一匹だけ、きわだった特徴をした魚がいた。顔がちがうというレベルではない。種類がちがう。みたことのない魚だ。

体長二十センチぐらい。わりとおおきい。平べったくて背が高く、おなかのあたりが鮮やかな赤をしている。とてもきれいな魚だった。

「この魚はなに」

と往本はたずねた。粒山はちらっと目をやって、

「オーロラちゃんです」

「いや。名前じゃなくて種類は?」

「レッドピラニアですよ」

「ピラニア?」

「釣れるんですよ、けっこう。ピラニアのなかでもいちばん獰猛（どうもう）なやつ」

「まじか」

往本はあわてて水路から足をひっこめた。

「カミツキガメもいますよ」

「なにそれ。あぶないだろ」

往本が粒山のからだをひっぱりあげようとすると、

「だいじょうぶですよ。べつにめずらしいものじゃないんですから」

それよけいあぶないじゃないか。往本はきいた。

「だれかが放したのかな。ペットで飼ってたやつとか」

「南米から泳いできたんじゃないですか」

「ありえないよ」

レッドピラニアはバケツの底で息を潜めていた。いきなり飛び出してきて顔に噛みついてきたりするのではないだろうか。遠巻きにのぞきこむ往本。

「ほかの魚を食べたりしないの？」

「おなかすいてないんでしょうね。そんなことより、鰐田さんがカッパを見たっていうんですよ。すごくないですか」

いきなりなにをいいだすのか。

「ピラニアはわからなくもないけど、さすがにカッパはないな」

だが粒山は、

「いや、カッパのほうが確率高いですよ。なにしろ昔から日本に棲息しているわけですから。外来種とはわけがちがいます」

「シロクマは否定するのにカッパは肯定するの？」

おもわず往本はいった。

「またその話ですか。シロクマは絶滅が確認されたでしょう。でもカッパが絶滅したっていう話はきいたことがないです。だからカッパがいてもおかしくはないですよ」

「だって存在自体確認されてないじゃん」

「シロクマの存在は確認されているんですか。あやしいもんですよ。二年前まで動物園で飼われていたなんていうのも、本当はどうなのかわかりませんしね」

「映像がのこってるだろ」

「うちの工場は五十年以上もまえから動物の人形を作っているんですよ。ここでこれだけのレプリカが作れるんなら、よそだったら、もっとすごいのができますよ。二年前だとしても、よくできたシロクマを作るのはそうむずかしいことではないでしょうね。そいつをつかえば、シロクマの映像なんて簡単に捏造（ねつぞう）できますよ」

「なんのためにそんなことするんだよ」

「環境派の不満をそらすためです」

「だったら二年前に絶滅したなんて公表する必要もないじゃん」

「いつかは絶滅するんですよ。われわれ人間もふくめて。だったら目立たないように徐々に減らしていったほうが現実的じゃないですか。タイミングを見計らって絶滅の頻度を分散させることで、うるさい環境派のいきおいをコントロールできますからね」

わかったようなわからないような理屈だった。

「カッパはいいの？」

「カッパはロマンがあるから、絶対に絶滅させてはいけません」

「わからないな」

往本はため息をついた。粒山は往本に向き直っていった。

「大事なことはですね。なにをいったかじゃなくて、だれがいったかなんですよ」

「どういう意味？」

「だって鰐田さんですよ。彼女がカッパを見たっていうんです。女の子がいったのなら、もう信じるしかないですよね」

「なんだよそれ」

わけわからん。往本は釣り竿をおいた。つきあってる女がいえばほんとうで、おれがいえば嘘だといってるようなものじゃないか。むちゃくちゃだ。まったく腑に落ちない気分だった。

太陽がじりじりと熱くなってきたので、往本は水路に足をひたしたくなったが、腹をすかせたピラニアが泳いでいるかもしれない。食いちぎられるのはごめんだ。粒山は平気な顔で釣り糸を垂らしている。こっちが頭にきたことなど気づいてもいないようだった。カッパみたいな頭をしやがって。このままカッパにひきずりこまれてしまえと往本はおもった。

　ふと、とおりの反対側、錆びついた青い屋根や赤い屋根のくすんだ家が立ちならぶ前に、若い女が立っているのに往本は気づいた。女は白いワンピースを着ていた。手ぶらだ。髪は長い。表情はなく、まっすぐこちらを見つめている。この距離からは女の目の焦点がどこにあるのかわからなかったが、その延長線上に自分がいることはたしかだ。目があったような気がしたが、女はじっと立ちつくしたまま微動だにしない。

　鰐田さんだろうかと往本はおもった。鰐田っていう顔ではないけどなあ。とはいえ名前と見た目が一致するとはかぎらない。粒山だって名前はフサオだ。どこがフサオなのかといいたくなる頭髪だ。それはともかく女は美人だった。白のワンピースというのが、どこか病的な印象がした。いままで粒山とつきあっている女をみたことはあるが、あんなかんじの人はいなかったとおもう。

　往本は女の視線を気にしながら粒山に目をやったが、彼はまるで気づいていないようだった。知りあいかどうかきいてみるかためらっているうちに、女はいつのまにか姿を消してしまった。路地に入ったか、家に入ったかしたらしい。粒山がふりかえったが、なんでもないと往本はこたえた。

それから往本はアパートに帰ることにした。どうも調子が悪い。ゆっくり休息をとりたかった。

「今日はもう帰るよ」

といって立ちあがった。

けっきょくシロクマのことは話さなかった。シロクマはあの晩以来みていない。工場長がいうように産業スパイなら、とっくに情報を持ち出した可能性もある。なにが機密情報なのかは、はたらいている往本にもわからないけど。それならもう工場に潜入する必要はないわけだ。したがってシロクマに会うこともうないだろう。

自転車のベルがきこえた。とおりの向こうを大人用の自転車を漕いでいく子どもがいた。ロシア人の女の子だ。街の外れにシベリア軍の基地がある。兵士が家族連れで派遣されているのだ。女の子の身長よりもおおきい自転車。サドルに座ると足がとどかないので立ち漕ぎをしていた。サドルの下に体を沈み込ませてハンドルを操作している。無人の自転車がかってに走っているかのようにもみえた。回転するペダル。幽霊自転車。ゆっくりとおりすぎていく。まわる車輪と車輪。往本は催眠術にでもかけられているような錯覚がした。

粒山とわかれて横断歩道をわたる。きびしい夏の日射し。そこらじゅうがぐるぐるとまわりだし、気をうしなってぶっ倒れそうなくらいの暑さだった。

＊

朝だ。なんだかだるかった。往本はアパートから工場まで歩いて通勤していた。いつまでたっても寝起きみたいなかんじがぬけなかった。寝すぎたのかもしれない。ロッカールームの手前でタイムカードを押していたら、後ろから粒山が追いかけてきた。走ってきたらしく息を切らしていた。遅刻になるような時間ではない。粒山は往本の顔をみていった。

「往本くん、もうだいじょうぶなの」

「なにが」

と往本は寝ぼけた頭できいた。

「トラックにはねられたでしょ」

「え、はねられてないよ」

「いや、こないだ横断歩道ではねられたじゃないですか。すぐに救急車が来て運ばれたんですよ。どこの病院に行ったのかもわからなくて、どうしたのかと心配しましたよ」

記憶になかった。あのあとはアパートへ帰り、昼間からぐっすりと眠ったはずだ。そのまま翌日まで眠りつづけた。だからこんなにだるいのだろう。

「ていうか、それっていつの話？」

と往本がきくと、

「先々週の土曜日です。あ、もしかして記憶喪失とか」

と粒山は深刻な顔をした。ふたりが足をとめているうちにも、次から次へと出社してくる作業員たちがタイムカードを押してとおりすぎていった。資材部のうみみずも、おうとあいさつしてとおりすぎていった。

「おれ、一週間休んでたの？」

「そうですよ。ほら」

といって粒山は往本のタイムカードを指さした。たしかに一週間の空白がある。おかしい。まるでおぼえがない。ということは粒山のいうようにほんとうに記憶喪失なのだろうか。でも病院にいたという記憶もなければ、医者かだれかに記憶喪失だと説明された記憶もなかった。

「久しぶりでちょっとねぼけてるみたい」

と往本はあいまいにいった。粒山はすぐにあかるい顔で、

「とにかくよくなったみたいで安心しましたよ。あのときは死んじゃったかとおもったんですから」

「そんなにひどかったの」

「まあ事故のことはおぼえてなくてもしかたないですよね。もろにトラックの直撃食らって、ぶったおれたんですから。あわててかけつけたら、ぜんぜん意識がなくて。ほんとあせりました。軍用トラックだったんですけどね。すぐに軍の人が連絡してくれて。それで助かったんですね」

「軍の救急車で運ばれたの？」

「さあ、どうだったでしょう。ぼくもあたふたしてたから。もしかしたら軍病院に運ばれたのかもしれませんね。だからどこの病院なのか情報がなかったのかも。入院中はどうだったんです。昏睡（こんすい）状態ですか」

「かもしれないね」

なにひとつおぼえていなかった。そのあと月曜日の朝礼で屈伸の運動をしたとき、みんなのひざがぽきぽきと鳴り、従業員のあいだからくすくす笑いがもれた。往本は自分のひざがひときわ大きく鳴ったような気がした。

*

資材部のうみみずが台車に荷物を載せて各部署をまわっているのを見かけ、往本は声をかけようとした。一週間仕事をあけていても、だれにもなにもいわれなかったので、粒山以外の人にも話をききたかった。

うみみずは製作部で金属のかたまりをクレーンでおろし、第二作業棟から第一作業棟へ向かうところだった。そこへ旧作業棟のほうから、馬鯛工場長がやってくるのが見えたので、往本はおもわず通路の手前で身を潜めた。工場長には会いたくないような気がしたのだ。工場長は往本に気づかずにそのまま成型部のほうへと歩いていった。往本は廊下をわたって、うみみずのあとを追った。

うみみずは被毛部にいた。ようやく追いついたとおもったら、粒山が往本のところへかけよってきた。

「なに」

と往本がいうと、

「こないだのことだけど。往本くん、怒ってないですか」

粒山は笑っているのか泣いているのかわからないような顔でもじもじしていた。

なんのことかとたずねると、

「カッパの話をしたら、機嫌を損ねたみたいだったから。なにか気に障ることいったのかなあとおもって。ほら。絶滅したとかしてないとかで口論みたいになっちゃったじゃないですか。最近はブラキストン線があちこちに発生してますからいろいろとややこしいですよね。なんだかすみませんでした」

「そんなこと気にしてないよ」

といいながら往本はうみみずのほうをうかがった。運んできた荷物をすべておろし、伝票に記入して資材部に引き返すところのようだ。往本はあきらめて、粒山の話につきあうことにした。

「怒ってないならいいんですけどね」

という粒山に、往本はあの日のことをおもいだした。

「そういえば、釣りをしてたとき女の人がいたんだけど」

「どんなかたですか」

粒山が身をのりだす。

「通りの向こうに立って、こっちを見てたんだ。わりと美人だったよ。顔は——どんなだったかな。ちょっとおもいだせないや。白いワンピース姿で。粒山の知りあいかなとおもった」

漠然とした印象は浮かぶのだけど、肝心の顔が像を結ばなかった。まるで特性がない。頭のなかがもやもやした。やはり自分の記憶がおかしくなってしまったのか、それとも女のあいまいな顔のせいなのかはっきりしなかった。

「白いワンピースですか。ぼくが知ってる女性のなかではそういう趣味の人はいないですね」

「そう」

「もしかして往本くんの好みだったんですか。ぼくの知りあいだったらぜひとも紹介してあげたかったんですがね。ていうか往本くんも進歩しましたね」

「なに進歩って」

というと粒山は愉快そうな笑みをうかべ、

「だって美人だとか、往本くん、あまりそういうことといわないじゃないですか。いい傾向ですよ。やっぱ美的感覚って、人間のすごく大事な能力なわけでしょう。おそらく人間だけにゆるされた特別な感情だとおもいますよ」

「そんなことないとおもうけど」

「ありますよ。とても高度で文化的なものです。よくいうじゃないですか。春に桜が咲いているのをみたり、秋に中秋の名月をみたりするとき。意地汚い人はすぐにお団子食べたいっておもうんですよ。でも、芸術的な感性をもった人なら、お団子なんか目もくれません。目の前の桜や月を見て、ああきれいだなあっておもうんです。ぼくも女性をみるときれいだなあ、かわいいなあっておもいますから。すごく文化的ですよね。往本くんも白いワンピースの女性をみてきれいだなっておもったわけですよね。それ、往本くんもぼくとおなじで研ぎ澄まされた美的感覚の持ち主ってことですよ」

「そうなの」

シロクマとカッパの絶滅論みたいに、またわけのわからない理屈を開陳しているなとおもった。

「当然です。往本くんは立派な文明人ですよ」

粒山が興奮気味に話していたら、

「あほくさ」

と吐き捨てるようにいう人がいた。空の台車を押してとおりかかったうみみずだった。

「な、なんですか、うみみずさん」

体を前後にゆらしながらおののく粒山。

「白のワンピースとか、いかにももてない男のバカドリームってかんじ」

めんどくさそうにうみみずはいった。

「ドリームけっこうじゃないですか。ロマンですよ。格調高い芸術の香りがします」

粒山は持論を否定されてあせっているようすだった。台車に足をかけながらうみみずはひとこと。

「芸術っていう、つらじゃないよね」

「おっと。それは偏見ですよ。人間なら誰しも芸術を理解するこころをそなえているものです。大切なのはこころに潜む審美眼です。その美的感覚においては、ぼくはだれにも負けませんよ。げんにほら。うみみずさんだってすてきじゃないですか。きれいというか、かわいいというか。まあその中間ってかんじですね。絶妙なポジションです。ぼくがいうんだからまちがいはない。こうしてうみみずさんがもっている芸術的側面を看破できるというのも、ぼくが美的感覚にみちあふれているからです。春先にお団子のうまさよりも桜のうつくしさをかんじる。そこが重要なポイントなんですよ」

うみみずは台車から足を降ろし、粒山に向き直った。

「そんなの芸術的でも美的でもないじゃん。きれいなものをきれいだとおもうのなんて、あたりまえすぎ。美的感覚なんて関係ないよ。桜をみたらだれだってきれいだっておもうもんだし。団子どうこうってのはそのあとの話。なにバカぬかしてんのかね。ほんとうにほんとうの美的感覚っていうのをもっている人がいるとしたら、そのひとはみんなが桜を見あげてぱしゃぱしゃ写真を撮ってるあいだ、木の根もとにあおあおと生えた雑草の鮮やかさに感動するし、ごつごつした木の根っこにきれいさを見いだすよね。それか胡麻団子の胡麻だれが織りなす模様をみてきれいだなってかんじるかもしれない。じゃなきゃ、三十年前の花見客にすてられて放置されたままの錆びついた空き缶に、まだだれも気づいていないうつくしさを発見するかもしれないし。そういうだれもが見落としているものをみつけだす人のほうが、しいていうなら、桜の花を見あげて自動的にきれいだなっていってるようなやつより、はるかに芸術的だよ。ちょっと絵が得意なやつに絵を描かせるとかならず陰影つけたり遠近つけたりするよね。自動的にさ。あれ、すごいむかつく。もっとほかにあるだろって。なんの発見もない。そんなことすらわかってないくせに、なにがぼくちゃんは美的感覚にすぐれていますだよ。わらわせんじゃねーよハゲ」

　粒山はあごがはずれたひょっとこみたいな顔になっていた。往本は粒山が気の毒になった。ときどきうみみずはこういうややこしい話を論じるのだ。きっとパソコンの横に積んであるむずかしい本を、ひまにまかせて読んでいるせいだろう。なにを読んでいるのかは知らないが。はっきりいってあたまがいいのかわるいのかわからない。それにしてもちょっといいすぎじゃないかという気がしなくもなかった。

いやあ。なんだあ。なんですかあ。とあいまいに口をもごもごさせながら、粒山は仕事がありますので失礼しますといって被毛部のほうへ去っていってしまった。うみみずは鼻をふっと鳴らし、その後ろ姿を見送った。往本は口をつぐんだ。なにか話があったような気がするのだが、おもいだせない。奇妙な間ができた。うみみずはいった。

「ハゲはいいすぎた」

「そうだね」

「だけどむかつくハゲ野郎だ」

「そう……」

「なにしてるの」

「なんだっけ」

「またぼけたの」

「いや。うみみずさんにききたいことがあったんだけど」

「なにが」

「そういえば、こないだ資材倉庫にいかなかった？」

「毎日いってるけど」

「じゃなくて。定時すぎに部長をイスで運んでたよね」

「なにそれ」

「先週か先々週。繊維のことをききにいった日の夕方。部長はイスに座ったまま眠ってたみたいだけど。それをイスごと押して倉庫に運んでた」

「なんで部長を運ばなきゃいけないの」

「いや。それはこっちがききたい」

「運んでないんだけど」

「うーん。じゃあ人違いかな」

　嘘や隠し事をしているようには見えなかった。往本は自分が見たことに自信がなくなってきた。シロクマの件以来、記憶がおかしくなっているようだ。自律的にそうかんじるわけではなく、いろんな話や状況を考え合わせると、どうも自分はおかしいみたいだという結論に達するといった具合だ。当然腑に落ちたかんじはしない。だけど、あたまがおかしくなるというのは、もしかしたらそういうものなのかもしれない。本人はまったくそんなかんじがしないのだ。自覚があるなら、それはおかしくなったとはいえない。ちょっとした「落し穴」みたいなものだ。

「ていうか資材部にもどるんじゃないの」

と往本がきくと、

「コーヒー牛乳が飲みたくなった」

といってうみみずは旧作業棟のほうへと去っていった。

*

うみみずとわかれてから、往本はやはり部長のことが気になって資材部室をおとずれた。うみみずが社員食堂にコーヒー牛乳を買いにいっているあいだに、自分の目ではっきり確認しておきたいとおもった。

うみみずは歩くのがおそい。うごきが遅いというわけではない。途中で止まったり、寄り道をしたり、おもわぬ方向へそれたり、しまいには最終的にどこへいこうとしていたのか忘れて帰ってくることもあった。とにかく道草が多いのだ。以前なにかで話

をしたとき、

「はやければはやいほど、見落とすものも多くなるからね」

と彼女がいっていたのを往本はおもいだした。猪突猛進の急ぎ足で歩く人は、まわりの世界がなにもみえていないのだといっていた。

「そんなにせかせかしたってしょうがないじゃん」

ひまな癖にいそがしいふりしてバカみたい、と。往本は早足で資材部まで行き、廊下に面した窓から室のなかをのぞいた。資材部長の姿はなかった。いつもおなじデスクで眠っているはずなのに。

月曜なので部長会議の予定が入っているのかもしれない。先週やすんでいたせいで、今週の予定表はまだ見てなかった。往本は不安だった。資材部長がイスで運ばれたのをみた記憶があるのに、うみみずは運んでいないという。それにシロクマの毛についてたずねたときもそうだ。記憶にはないのに、まえに倉庫を調べさせてもらっていたらしい。おかしな話だった。もしかしたら倉庫になにか秘密が隠されているのではないか。なにもないのなら、自分の頭がどうかしてしまったということだ。真偽をたしかめてみよう。往本はそうかんがえ、だれも人が来ないうちに資材部の倉庫に潜りこむことにした。

倉庫は整然としていた。

金型の材料となる金属のかたまりが積まれた列には、天井からクレーンが下がっている。いまは巻きあげられて、手をのばしても届かない高さだ。それからレプリカの原料となるさまざまなゴム。箱詰めのものもあればシート状のもの、ロール状になっているものもあった。硬質のゴムのほかにプラスチックのペレットもあった。箱には炭素やリン、窒素などといった製品名が貼られていた。こないだうみみずが説明していたとおりだった。そして各種合成繊維がつめられた棚の列。アクリル、ポリエステルといった素材がパーセントとともにラベリングしてあり、さらにこまかい分類によって、規則的に棚に収められている。だれがみてもなにがどこにあるのか一目瞭然だ。もちろん例のほんものそっくりのシロクマの毛はみあたらない。

往本は順番にそれぞれの棚を見てまわった。おかしなところはなにもない。ほかは機械や設備類に使用する備品がならんだ棚だけ。品質管理部で使用するレンズやライトの予備など、往本にとっては見慣れたものばかりだ。だが合成繊維の列から、設備類の列に折り返そうとしたとき、庫内の空気になにか重い抵抗を感じた。目にみえない無数の亡霊が体にまつわりついているような感覚だ。耳からバリウムでも流し込まれたみたいに頭が重い。引きずられるような感触をふりはらうようにして角を曲がった。すると壁ぎわの棚の一角がまるごとなくなっているのに気づいた。

「なにがあったんだっけ」

そこに棚があったのはおぼえているのだが、具体的になんの棚だったかおもいだせない。いつもの通勤路で建物が取り壊されているのに気づいても、どんな建物が建っていたかおもいだせないときみたいなあのかんじだ。

奇妙なのはそれだけではなかった。棚があったはずの壁に板張りの扉があった。棚の陰になっていて気づかなかったらしい。創業当時のものだろうか。歴史的な古さをかんじた。長年つかわれた形跡がない。

往本は扉をしらべてみた。板張りとはいえ、しっかりとした造作だった。高さはなく、かがんではいれる程度のおおきさだ。なにか黒で文字が書かれているが、扉そのものがくすんでいて、読むことはできない。

「粒山がいっていた地下への入り口かも」

地下には古い墓地があり、どこかで水路とつながっているのだ。なぜ隠されていたのだろう。つかわないから偶然ふさがれていただけだろうか。往本は扉を叩いてみた。返事を期待したわけではない。あくかどうか試してみたのだ。鈍い音がしただけで、なにも手ごたえはなかった。

よくみると手前の床にうすく扇形の傷がついていた。扉を開いたときについた傷跡だ。しかもまだ新しい感じがする。往本は扉の取っ手をつかみ、ひいてみた。扉は角を床にこすりつけながら、ゆっくりとひらいた。なかをのぞきこむ往本。ひんやりとした空気。ごく短い廊下があり、すぐ左側に狭い階段が降りている。暗くてどこまで続いているかはわからない。かび臭いにおいがした。照明もなさそうだ。

「やはりなにか隠されていそうだ」

とはいえ、地下へ通じる扉があったからといって、自分の頭がへんではないといいきれるわけでもない。ただのうちすてられた地下室というだけのことかもしれないし、自分の身におこった不可解な事件とはなにも関係がないかもしれない。あるいは、これは現実でなく、あたまがおかしくなって幻を見ているということだってありうる。往本は自分の感覚に自信がもてなくなっていた。

「とりあえずなかを確かめてみよう」

胸ポケットにさしていた品質検査用のペンライトを点灯し、入り口で身をかがめた。

そのとき、すぐうしろで、

「立入禁止だ！」

という怒鳴り声がした。直後、何者かに後頭部をなぐられて往本は気をうしなった。

＊

気がついたら工場長室のソファに横になっていた。往本は頭のうしろ側にふとった猫でもぶらさがっているような重い感覚をおぼえながら、ゆっくりと身をおこした。高い採光窓から太陽の光がほぼ垂直に落下している。お昼ごろのようだ。工場長は机でタイプライターを打っていた。機械的な打鍵音。その音で往本は目がさめた。

往本の意識がもどっても、工場長はちらっと一瞥しただけでタイプを打つ手を休めようとはしない。顔色はいっそう悪くなっているようだ。くちびるがまっさおだ。

「どうしてここにいるんでしょう？」

往本はぼんやりとした調子でたずねた。返事はない。おきあがってソファに座り直すと、窓下の鉢植えが以前とかわっているのが目に入った。今度はゾウではなくガラパゴスゾウガメだ。その背中からサボテンが生えていた。花は咲いていない。

「出荷倉庫でたおれていたよ」

工場長はタイプライターから目をはなさずにいった。往本は首をかしげる。

「資材倉庫じゃないんですか」

「いや。出荷倉庫だ。部長会議を終えてから構内を巡回しているときに見つけた。なにかあったのかね」

タイプの音が小刻みに響く。往本はふしぎにおもいながらも、

「資材倉庫で地下へ降りる階段をみつけたんです。ちょっとしらべてみようとしたら、だれかに頭をなぐられたみたいで。それからあとはおぼえてません」

「出荷倉庫のほうじゃないのか」

工場長はタイプの手をとめ顔をあげた。

「資材倉庫です」

「では、そのなぐったやつがきみを出荷倉庫まで運んだのか」

「どうでしょう。気をうしなっていたのでなんとも。巡回のとき資材倉庫にみょうな扉があるのに気づきませんでしたか。壁ぎわの棚がまるごとなくなっていて、その後ろに古い木製の扉があったんです」

工場長はサボテンを見おろし口をつぐんだ。

「敷地内に地下があるという噂をきいたんですけど、ほんとうですか」

と往本はたずねた。工場長はおちつかなげに視線を漂わせた。それから口もとに手をそえ、考えこむようにして、

「工場にも立入禁止区域がある。そこになにがあるかは知らない。知っているのは上層部のみだ」

　といってまたサボテンに目を落とした。

「なんですか、上層部って。工場長は知ってるんですか」

「くわしくはわからないが。ＭＫ部というのを耳にしたことがある」

「ＭＫ部？」

「そう、ＭＫ部。なにを意味するかはわたしもわからない。ストルガツキイ専務からちらりときいたことがあるだけだ」

　外国人経営者だろうか。きいたことのない名前だ。それからふいに品質管理部の部長のことをおもいだした。

「うちの部長はいつ帰ってくるのでしょう」

　往本はたずねた。工場長は少し間をおいてからいった。

「かれは入院している」

「え、どこか悪かったんですか？」

　有給休暇か海外出張とばかりおもっていたのに。だが工場長はきゅうに忙しそうにメガネをはずして、

「わかったわかった。白状するよ。そもそも部長なんていないんだ。部長なんてものはいない。わかるね」

しきりにまばたきをする工場長。

「なんですか突然。いないわけないじゃないですか。三ヶ月前にはうちの部にいたんですから。朝食までには帰るといって出ていったのをおぼえています」

「しかしそれはほんとうにあったことかな」

と意味ありげな表情で工場長は往本をみた。いつのまにかメガネをかけ直していた。

往本が面食らっていると、

「ほら。顔もおもいだせないだろう。だがそのいいかたはまちがっている。おもいだせないんじゃなくて、知らないんだよ。なにしろみたことがないのだからね。いったいこの世界に存在しない人を、どうやっておもいだすのかね？」

往本は頭が混乱した。部長の顔をおもいだそうとしたが、輪郭さえも浮かんでこない。工場長は机の引き出しから一冊のアルバムを取り出した。表紙は古く色あせていた。おもむろにそれをひらいて往本にみせる工場長。古い紙幣や切手のコレクションがきれいにならべられている。

「これを見てどうおもうかね。いまでは入手が困難なものばかりだ」

「高く売れそうですね」

「そうだろう。実際に高い値段がついているよ。だけどわたしにはこれがお金にはみえないんだよ」

「たしかに古いとあまりお金っぽいかんじがしませんね」

「そうじゃない。そういうことじゃないんだ。いまきみは高く売れそうだと金額に換算して考えただろう。つまりこの紙切れの集まりを利用価値がある物体として見たということだ。わたしのいっているのはちがう。古いか古くないか、現在流通しているかどうかは関係がない。わたしにはこのアルバムが、写真や日記のようにみえるんだ。ながめるたびにこれを集めた人のことをおもいだす。ここには大切な記憶が刻みこまれているんだ。とうていお金に換算することはできないよ」

　といって工場長はしみじみとアルバムをめくった。往本は工場長がなにをいわんとしているのかわからなかった。いっていること自体はわからなくはないが、それでなにをいいたいのかがわからない。

「だれが集めたんです？」

　往本がきくと、

「わたしの祖父さ」

といってアルバムをとじた。そして、

「いいかね。部長がいようがいまいがそんなことはどうでもいいのだよ。きみの役目はスパイを抹殺することだ。この世から消すんだよ。その存在をね。それこそがきみがここにいる意味だ」

有無をいわさぬ口調に往本は強い反発をかんじた。

「いやですよ、そんなの。なんで人を殺さなくちゃいけないんですか」

「きみの義務だからだ」

「本気でいってるんですか」

「わたしは冗談がきらいだ」

「おかしいじゃないですか。シロクマの正体を調べるのはいいですけど、人殺しはいやです」

「口ごたえしても無駄だ。きみがやると決まっているのだからね」

「いいえ、そんなの決まってませんよ。それはわたしが決めることです。なぜここにいるのか。ここでなにをするのか。なにをすべきなのか。わたしがここではたらいているのは、だれかを殺すためではありません。動物のレプリカを作るためです。たしかに歯車のひとつとしてうごいているわけではありますが、わたしがそれをえらんだんです。工場長がわたしをうごかしてるわけではありません。最終的な決定権はわたしにあるんです」

往本がいうあいだ、工場長はメガネごしにじっと彼を見ていた。それからおもむろに切り出した。

「きみがいっているのはもしかして、あの自我というやつかね」

「なんです？」

「いいかい。わたしぐらい年をとるとね、知らない人にはもう会えないんだ」

「そんなことはないかとおもいますが」

「きみにはまだわからないだろう。より正確にいえばね、たとえ知らない人に出会っても、いままでの人生で会ったことがあるあのひととおなじタイプだなと、そんなふうにかんじるようになってしまうんだ。つまり物理的に知らない人に会えないのではなくて、心理的に知らない人に会えないんだ。だれもがいつかどこかでみただれかにそっくりでね。だいたいパターンを知ってしまった。知ったつもりになってしまった。それはなつかしくもあるし、さびしくもあるよ。新しい人に出会っても、昔会ったあの人みたいだからなつかしさをかんじる。それと同時に、もう二度と子どものころのように、こんな人がこの世界にいたのかという驚きをかんじることができなくなってしまった。わたしがそういう見方をしているからというわけではないよ。会う人会う人みんなが、自分からすすんで型にはまった仮面で会いにくるんだ。あらかじめ典型的な人物像を演じているのだね。じつにさびしいよ。あまりに退屈なことだ」

「なにがいいたいんです？」

　往本がいうと、工場長は精気のない目を向け、つかれた声でいった。

「きみだって例外ではないよ。例外なんてないんだ。いずれにせよ、類型に飲みこまれてしまうものなんだよ。まったく化け物のようなものさ」

「いくら理屈をいわれても、わたしがなにをするかは自分で決めるものだとおもいますが」

「自我に目覚めたといったところかね」

「そんな大げさなことをいうつもりはないですが」

「わからないな。そもそも自我なんて存在するのかな。まるでわからない。わたしにはどうしてもわからないんだ。正直いうと、これっぽっちも承認できないね。自我だなんて。おかしな話だ。まったく、いったいなんなのだろうね」

　それは疑問というより呆(あき)れや怒りのようにもきこえた。往本はなんとこたえていいのかわからなかった。工場長は視線を落とし、

「ろくなものじゃない」

と独り言のようにつぶやいた。室内はとたんに静かになり、自動工作機の金属の掘削音が低く震動しているのがきこえた。窓からさしこむ光にほこりが舞っている。

工場長は矢庭に咳払いをし青い血を吐いた。色が青いにもかかわらず、それが血だとわかったのは、ぬるぬるとした重苦しいぬめりのせいだ。机にぶちまけられ、書類を汚した。血は口からあふれ、粘り気のある液体がだらりとソファにこぼれ落ちた。糸をひいて床に落ち、青い染みをつくった。工場長は苦しそうにむせた。咳をするたびにごっそりと血の塊が吐き出される。往本は立ちあがり、そばにかけよった。工場長は喉もとをおさえながらいった。

「だいじょうぶ。どうってことはない」

「救急車を呼びます」

「いや、いい。ほんとうにだいじょうぶなんだ。よくあることさ。すぐにおさまる。こういうのにはなれているからね。きみもなれなければいけない」

「なれるわけありませんよ。とにかく医者に診てもらわないと」

「なあに、血が青いうちは問題ないんだ。ただの静脈血だよ。ほら。みてのとおり色がちがうだろう」

「それは図鑑の話ですよ。こんな青い血なんて見たことありません」

「床屋さんみたいだろう?」

といって工場長は笑顔をみせた。

*

けっきょく工場長は医者も呼ばずに往本を部屋から追い出した。往本がどうしたものか決めかねて工場長室をうろうろしていると、

「出ていかないなら首だ。医者を呼んだら首だ。スパイを殺さなければ首だ。わたしにさからえば首だ。ここをやめたらきみは二度と職にありつけない。わたしのちからをあまくみるな」

とおどされた。

工場別棟から旧作業棟への廊下の途中で、往本は見なれぬ人影に気づいた。昼休みは終了しており、社員食堂のほうはひっそりとしていた。その男は旧作業棟の外にある水道で手を洗うと、腰からさげたタオルで手をぬぐった。往本は廊下の窓からそのようすをながめた。後ろ姿しかみえない。

工場の作業服を着ているが見たことのない人だ。名前も出自もわからない人だらけの工場ではあったが、それでもいたかいないかぐらいのことはわかる。言葉をかわしたことはなくても、まるで見覚えのない人というのはいない。

だが目の前にいるのは、まさに見覚えのない人物だった。新しく入社した人だろうかと往本はおもった。品質管理部は人手が不足していた。まえに工場長がいっていたとおり、自分のかわりになる工員を配属したのかもしれない。つまり仕事はいいからシロクマをかたづけるほうに専念しろという意味だ。往本は暗い気持ちになった。

でなければスパイという可能性もかんがえられた。産業スパイだ。工場の作業服を着ていたほうが、シロクマ姿でうろうろするより、はるかに目立たない。昼間でもそう怪しまれずに歩きまわれる。シロクマよりずっと効率がいい。

往本はこっそりとあとをつけた。殺すつもりはない。正体を見きわめるのだ。スパイの尻尾(しっぽ)をつかめば、それだけでもじゅうぶんだ。たしかな証拠をつかんで法的な手段で訴えればいい。スパイ撲滅の手がかりさえあれば、工場長だって抹殺しろなどと物騒なことはいわないだろう。

人影は第二作業棟へとむかっていった。往本はいそいで廊下の途中の戸口から出て、あとを追った。男は作業棟の中へは入らず外側をまわった。品質管理部なら第二作業棟のいちばん奥だから、たしかに外からまわったほうが、構内の入り組んだ通路をじぐざぐにたどるよりはやい。しかし中途採用で入社したての工員が、そんな裏技のようなルートを選ぶだろうかと往本はあやしんだ。

なおも気づかれぬようあとをつけると、男は縦に長くのびる作業棟の途中で立ち止まった。作業棟の中間部には、組立部で組みあがった大型の金型を搬入出するための広い通用口があいている。そこから構内にはいろうとしているのか迷っているようにみえた。

男はうしろをふりかえった。往本はあわてて作業棟の外壁に取りつけられてある赤い消火栓のかげに姿を隠した。太陽が垂直に照りつける敷地。男は往本に気づいたようすはなく、すぐに横を向いて日射しに手をかざした。

その横顔に往本はぞっとした。自分じゃないか。あの男は自分だ。すくなくとも自分そっくりだ。まるでうりふたつの自分が目の前を歩いていたのだ。なにがどうなっているのかさっぱりわからない。

往本そっくりの男は作業棟の通用口からなかに入り、姿を消した。往本は消火栓の横にへばりついたままうごけなかった。

おかしい。なぜおれがもうひとりいるんだ。あれはだれだ。おれ以外の人が見たらだれだっておれだとおもうだろう。ていうかおれはあんな顔をしていたのか。あんな姿をしていたのか。知らない人みたいな感じがした。自分で自分を見るというのは奇妙なものだ。鏡で見るのとはまるでちがう。自分はあんなふうに見えるのか。きもちがわるい。なんなんだ。

往本は塀の向こうの空をみた。塀の上を白い猫が歩いているのがみえた。太陽の光がまぶしかった。気分が悪かった。暑い。額から汗が流れ落ちた。世界が陽炎(かげろう)みたいにゆらめいてみえた。脳が溶けそうだ。往本はその場から逃げるように、人目を避けて作業棟の横を引き返した。

＊

工場の正門をでて交差点をわたったところにふるびた大衆食堂がある。昼飯時もとうにすぎ、客もまばらな午後の時刻に往本はのれんをくぐった。

具合がすぐれず早退してきた。まぶしい街路から日の差さない薄暗い店内へはいると、目がなれるまで少し時間がかかった。

暑さであたまがぼーっとしていた。まっすぐアパートへは帰らずに、かき氷でも食べようと店に寄った。店内の暗さになれ、次第になかのようすが浮かびあがってくる。ポラロイドカメラで撮った写真がゆっくりと像を結んでいくようなかんじだ。年代物の扇風機が小刻みな音をたて、左右に風を送っていた。厨房(ちゅうぼう)がのぞく窓口のカウンターに店員らしきおばちゃんがお盆をもってすわっていた。だれも客はいないとおもったが、隅のテーブルに見覚えのある人物がすわっているのに気づいた。

うみみずだった。イヤホンでなにか聴きながら本を読んでいた。うみみずは往本の姿に気づくと、お、とあいさつした。まるい目をしてわらっているのかわらっていないのかわからない顔を向けていた。往本はなんとなくテーブルの向かいに腰をおろした。うみみずはイヤホンをはずし、

「往本もとんずらしてきたの」

「とんずら?」

「うちの部長がとんずらしたから、うちもとんずらした」

「とんずらねえ」

遁走(とんそう)してずらかるという意味だ。べつに悪事をはたらいてきたわけではない。しいていえば、とんずらすること自体が悪事だった。テーブルに置かれた本は英語のペーパーバックだ。なんの本かはわからなかった。

店のおばちゃんがうみみずに食事を運んできた。ついでに往本に水を出し注文をきくので、往本はかき氷を頼んだ。うみみずがおばちゃんにいった。

「これ、冷やしうどんじゃん。頼んだのとちがうよ。うち、うどんアレルギーなの」

「ああ、ごめんなあ」

といっておばちゃんは皿をさげ、未波ちゃんのは冷やしベトナムそばだべと厨房に向かって大声でいいながら、カウンターの奥へはいっていった。

「そばアレルギーじゃなくて？」

と往本がうみみずにきくと、

「そばアレルギーなんてきいたことないな。ていうか顔色悪いよ。まっ青じゃん」

まっ青といわれ、往本は工場長を連想した。同時にシロクマのことが頭をよぎった。考えてみれば、すべてはあの夜シロクマを目撃してからおかしくなったのだ。

「なんなんだろう、うごくシロクマって」

往本はつぶやくように言葉をもらしていた。するとうみみずは、

「シロクマなんてどこにでもいるじゃん」

「レプリカの話じゃないよ」

深く話す気はなかったが、いちおうことわりをいれておいた。

「わかってるよ。野生のシロクマのことでしょ」

「絶滅しただろ」

と往本がいうと、うみみずは当然のことのように、

「なんで。繁殖してそこらじゅうにいるよ。シロクマはシロクマを作れるからね」

「いや、環境的に無理でしょ」

「適応種だよ。まあある意味、オリジナルは絶滅したことになるんだろうけどさ。なにをもって野生とするかは意見のわかれるところだしね。でも絶滅危惧種になってからやたらと保護されるようになったし。特別あつかい。政治的にね。シンボルみたいなかんじで利用されてるじゃん。むしろ絶滅危惧種とされなかったごくありきたりな生き物たちのほうがないがしろにされて、あっというまに消えたよね。犬とか猫とかさ。政治的に意義のない動物は大量に駆除されたっていうから」

「そうだっけか」

適応種のシロクマならいくらでもいるというのか。往本はますますあたまが混乱してきた。つじつまのあわないことが多すぎる。往本はいった。

「工場長の話ではシロクマは二年前に絶滅したっていうけど」

「だからそれオリジナルでしょ。遺伝子いじって温帯でも棲息できるように改変した

がいだったのだろうか。

「それってシロクマだけなの。犬とか猫はみんな消えたの？」

　工場の塀の上を白猫が歩いているのを見たような気がするのだけど、あれは見まち
がいだったのだろうか。

「いないよ。完全に絶滅した。とっくの昔にね。ねぼけてんの？」

「どうだろう。最近へんなことばっかだったから疲れてるのかも」

「うちはまだ子どもだったから、曖昧な記憶しかないけど。マールブランシュ法が制定されたとき、役所から委託された業者がきてうちの犬がパージされた。強制的な駆除処分ね。大声で泣いたのをおぼえてる。最悪だった。当時は意味がわからなかったけど、大人になってふりかえると、業者も役人どもも全員死にやがれっておもうようになった。しかしそういうのにかぎって外部委託するっていうのがいかにも役人らしいやり口だよね。浄化業とか、ソーシャルクリーナーとかいう名前でさ。政府得意のネーミング詐欺。無駄のない社会、効率のよい社会、スマートな社会を実現する、なんてスローガンを唱えて。おかげで業者も罪悪感をもたずにパージできたんだろうね。どうせヤクザ業者だけど」

「そんなことあったんだ」

「おぼえてないの。動物飼ってなかったとか」

「なかったかも。マールブランシュ法ってなに」

「ソーシャルクリーン法の別名だよ。むかしフランスにマールブランシュっていう神父がいてね。そいつ、眠ってた妊娠中の犬を蹴飛ばして笑いながらみんなにいったの。『知らんのかね、こいつはなにもかんじないんだよ』ってね。最悪でしょ。哲学者のデカルトに影響を受けた人らしいよ。より教会的に思想を先鋭化させて。人間だけが神の恩寵を受けた唯一の存在だって主張した。神に近い存在として人間の誇りと尊厳を取りもどすとかいって、何世紀ものときを隔てて復活したんだよね。その法律ができて、役に立たないと見なされた動物たちは撲滅が推奨された。とくに愛玩動物なんて、社会の無駄として排除されたしね。守られたのはシロクマみたいに絶滅危惧種の希少種として広報的に利用価値があると判断された動物とか、じゃなかったら食用の家畜だけ。一万四千年におよぶ犬と人間との関係はこうして終焉をむかえたわけ。なくしたものはあまりにおおきいね」

　店のおばちゃんが往本にかき氷を持ってきた。よくみるとかき氷ではなくて、器に盛ったアイスクリームだった。白いバニラ味。まあべつにアイスクリームでもいいやと往本はおもった。うちよりあとからきたくせに先に食べるなんてずるいじゃないか

とうみみずは口をとがらせた。往本は、

「ひどい話だね」

といった。かき氷のことでもかき氷とアイスクリームをまちがえて持ってきたことでもなくて、マールブランシュ法のことだ。そして自分があまりにも世界のことを知らなすぎるような気がした。まるでずっと眠ってすごしてきたみたいな感じがした。

往本はたずねた。

「ほんとに猫っていっぴきものこってない?」

「いるわけないじゃん。うちも子どものころのかすかな記憶にしかないよ」

「今日、工場の塀を歩いているのをみたような気がするんだけどな」

「やっぱ暑さでおかしくなってるみたいだね。うちもアイスクリーム注文しよう」

といってうみみずはおばちゃんにそういった。

往本ははっとした。そうだ。猫がまぼろしなら、あの分身だってまぼろしかもしれない。それなら納得がいく。自分は疲れていただけなんだ。そこで往本は、

「猫もそうだけど、ほかにもへんなの見たんだ」

「なにを」

「自分の分身」

「あ。それはドッペルゲンガーだね」

とうみみずは即答した。なんだそれと往本はおもった。

「それって幻覚なんでしょ」

と往本がきくと、

「まあ幻覚みたいなものかもしれないけど、見ると死ぬんだってさ」

「なんだそれ」

なんか怖いことをさらっといわれた。うみみずはおばちゃんからアイスクリームを受け取り、さらにいった。

「沼の近くで雷に打たれたりしなかった？」

「打たれたらその時点で死ぬじゃん」

「いやスワンプマンでも増殖したのかなとおもって」

「意味わかんない」

「じゃ、やっぱドッペルゲンガーだ。芥川龍之介っていう昔の作家もみたとかみないとかいってたらしいよ。ほんとかどうかははっきりとはしないけど。『二つの手紙』とか『歯車』『影』なんかいう小説にそのことが書かれてる」

「そのひとどうなったの？」

「自殺した」

「なんだよもう」

「アメリカのポオの小説には、自分の分身にしつこくつきまとわれていやがらせされる話があるよ」

「最後どうなるの」

「がまんの限界になってその分身を殺したら、それが自分まで殺したことになった。破滅だね」

「そう……」

往本の声はみるみる元気がなくなっていった。

「ロシアのブルガーコフっていうひとの小説でもドッペルゲンガーが出てくるのがあるよ」

「それで」

「破滅して死んだ」

「あの。もうちょっと愉快な話ないの。あまり破滅的じゃないやつ」

「そうだな。古典落語に『粗忽長屋』っていうのがあるよ」

「どんな話」

「自分の死体を発見してわけがわからなくなる話」

「もういいよ……」

どれもろくな話がないじゃないか。往本は気分がおもくなった。

「分身があれこれしてむちゃくちゃになる話ならいくらでもあるんだけどね」

ドストエフスキーとかネルヴァルとかホフマンとかホフマンスタールとかゲーテとかモーパッサンとかも書いてるし。広い意味でとらえればスティーブンソンとかワイルドが書いたのもそうだよね。『まっぷたつの子爵（ししゃく）』とかはどう。双子の兄弟の不思議な因果を描いたやつならグリム兄弟とか民話や神話にいくらでもあるし。タイムトラベル的なものまでふくめるとそれこそ数え切れないよ。中島敦の『木乃伊（みいら）』なんかもバリエーションのひとつとしてかんがえることができるかも。腐るほどありすぎていちいちあげるのもめんどくさいやとうみみずはつづけた。

往本はあたまが痛くなってきていた。とうとうたえきれなくなって、

「もっと前向きなやつない？」

そうだなとうみみずはかんがえこみ、こたえた。

「パーマン」

「マンガか……」

往本はため息をついた。とはいえどれも小説、物語、作り話だ。もっと現実的な路線でかんがえてみたらどうだろう。そして、ある着想を得た。ある意味パーマンのおかげだ。あれに出てくるコピーロボット。鼻のスイッチを押すと、自分そっくりに変化するという人形だ。

「もしかしたらロボットじゃないかな。おれそっくりのロボットを作ったとかさ」

ありうる話だと往本はかんじた。シベリア軍の軍事施設で秘密裏に製造されたのが逃げだしてきたのだ。そんなことが決してないとはいいきれないだろう。うみみずはアイスクリームを食べる手をとめいった。

「なにそれ。なんでわざわざよりにもよって往本そっくりのロボットをつくらなきゃいけないの。シベリア軍なにやってんだよって話だよね。ていうかそもそもロボット作るにしても、わざわざ人型にするとか想像力の貧困としかかんがえられないよね。二本足でよたよた踊る人型ロボット作ってにやけてるぐらいなら、三本足でも五本足でもいいし、腕が八本あってもいい。目だって水平三六〇度どころか、上下もふくめて一瞬で把握できてもいいよね。そのほうが人間にまねできないような、すごいことができるのに。それができないなら、ゴキブリにカメラつけて瓦礫に生き埋めになった人の居場所を探したほうがはるかにあたまいいよね。あほくさ」

うみみずのややこしい論スイッチを入れてしまったような気がした。

「そういえばシロクマって二本足で歩いたりする？」

往本はとりあえず話の方向を変えようとしてきいた。うみみずは、

「二足歩行のシロクマ？　さすがにないとおもうけど。わかんないな。わざわざそういうシロクマ種を遺伝子改変してつくるとか、いかにもバカな連中がやりそうなことだし。もしかしたら売り込み用のキャラクターにするとかいって開発した企業があるかもね」

うみみずの冷やしベトナムそばがきた。厨房の親父さんが運んできて、未波ちゃん、さっきはごめんなあと頭をさげた。いいよ、どうもありがとう、とうみみずはいって箸をとった。麺をすすりながらうみみずはつづけた。

「ていうか、なんでシロクマまで二足歩行にしちゃうわけ。四つ足でいいじゃんべつに。四つん這いで歩くよりも二本足で立って歩くほうがすぐれているっていうのも偏見だよ。自分たち人間のほうが上だっていうくだらない自尊心。自分に似ているものを作るのが当然だとおもいこんでるんだね。人間は神様に似せて作られた存在だとかよくいうじゃん。神人同形同性説。でもそれって逆に神様の想像力が陳腐だってバカにしてるよね。ほんとは神様が似せて作ったってことよりも、自分が神に近い存在だ

っていいたいだけでしょ。みっともないよね。古代から現代、そして未来の脳が腐った哲学者たちや宗教家たちがいう『霊魂』っていうのもおなじパターンだね。人間がいちばんすぐれてるっていう自尊心を後生大事に守るためにでっちあげた嘘の概念。ていうかさ。そもそも、なんで自分の所属するグループがすぐれているからって、自動的に自分まですぐれているっておもっちゃうんだろうね。自分は人間であり、人間は神の似姿である。したがって自分は神のごとくすばらしいのだ、なんて、ばっかみたい。幼稚くさい。自分で自分を神になぞらえて褒めちぎって。恥ずかしくないのかな。万物の霊長だなんて自称しちゃうんだから、救いようがないよ。さっきもいったけど、デカルトとかもうバカの最右翼。『動物機械論』なんてぶちあげちゃって。教会権力に媚びへつらった似非学者。まあ、百年も待たずにヴォルテールに木っ端微塵に低能あつかいされたのはわらえるけど。それでもあほうな学者さんたちは、どこまでも人間と動物のちがいを証明しようとして無茶なアクロバットをくりかえしてるよね。行動主義の心理学者とか。犬ときけばすぐに条件反射的に『条件反射』っていうやつとか。自己紹介かよ。ふたことめには、それは意識ではなくて単なる刺激に対する反射作用だとかいって。あのパブロフっていうアスペルガーな科学者の愚昧な劣等感と救い難い頭の悪さ。動物に感情があると仮定すれば、あらゆる疑問が解決するのに。なにもかもが自然に説明がつくようになるのにね。これってべつに昔話じゃないよ。マールブランシュ法みたいに、何世紀もまえの狂った思想が突然もちあげられて堂々と復活したりするんだから。しかも現実にひどい影響があったわけだし。前世紀からちらほら顔を出した『クオリア』って言葉にも要注意だね。感覚で感じる独特の名状しがたい得も言われぬ質感、みたいな、なんかぐっとくる感じとかのことね。音楽を聴いてなんか夏っぽい空気をかんじたりとか。べつにそれ自体を否定するわけじゃないけど、でもどうしてコウモリはクオリアをもたないなんて考えられるわけ。根拠ゼロ。クオリアをもつのは人間だけだなんていって。あぶないよね。気色の悪い神秘主義者や優生学者や差別主義者、民族主義者や排他主義者、それにきこえのいいフレーズを利用して声高にアジテーションする政治的な人間が飛びつきそうだね。思考停止。しかもその手の人間の貪欲(どんよく)な行動力ときたら。行動力のあるバカほどやっかいなものはないよ。おかげで一日に一〇〇種の生物が絶滅していった。パージで撲滅したぶんをのぞいてもね。かんべんしてくれよって話。どこまでそんなバカにつきあわされてまきぞえを食わなきゃいけないの。で、なんでこんな話になったんだっけ？」

「さあ……」

往本はぼそりといった。なにがいけなかったのだろうかと往本は考えた。シロクマ

か。分身か。ロボットか。うみみずは目をくるりと回して、

「あ。ドッペルゲンガーか。だいじょぶだよ、かならず死ぬと決まったわけではないから。まあ気にしない。これでもききなよ」

といって携帯型非圧縮複製音源再生装置のイヤホンをさしだした。いわれるままに往本がきくとビーチ・ボーイズの「ドント・ウォーリー・ベイビー」だった。

「これレコード持ってるよ」

と往本はいった。

「まじか」

「夏っぽいね」

「そうかな。海あんま好きじゃないし。うち泳げないから」

「海みたいな名前なのに」

「ブライアン・ウィルソンだって金槌(かなづち)じゃん」

「ブライアン・ウィルソンは神だから」

「『ペット・サウンズ』はもってる？」

「あるよ。あれはモノラルできくといい。マスターテープ自体がモノラルだから」

「レコードで？」

ときくうみみず。

「うん。レコードで」

「レトロだね」

「複製音源じゃだめ」

「レコードだって複製じゃん」

「そうだけど、録音ていうのはひとつの完成形だから。カンバスに描かれた絵みたいな」

往本はレコードのこととなるとうるさかった。

「ライブ盤はどうなの」

「あれもあれで完成形として存在してるわけだからいっしょだよ。レコードっていうのは『記録』であり『記憶』なんだし。その瞬間を切りとった時間の芸術。スタジオ録音盤とかわらないよ」

「なるほど。でも非圧縮複製音源ならまったく劣化してないわけだし、周波数帯域だってCDみたいなのより広くなってるでしょ。マスターからひろった音源ならじゅうぶんいい音できけるとおもうんだけど」

「そうだけど、再生装置がちがうってだけでも、べつの曲っていう気がするな」

「そこまでいうのか」

うみみずは口をぽかんとあけた。

「だって実際そうかんじるから。たとえばもしおなじ曲をちがう人が演奏したとしたらさ、それはもうおなじ曲ではないんじゃないかな。ミックスどころかアレンジがちょっとでもちがえば、たぶんそれはもうべつの曲だよ」

「まあそれはわからなくもないけど」

「ある意味、録音された音楽だって、再生するたびにライブ演奏されているようなものかなって気がする。たぶんおなじ曲は二度と聴けないんだ。そのときどきの気分や状況や物理的な空気が、再生するたびにかわってくるから。この世界に完全におなじ条件なんてぜったいにありえないわけだし」

往本の話にうみみずはちょっとかんがえるようにしてから、

「なんか往本って鳥のような耳をしてるね」

「なにそれ」

往本は鳥の耳のかたちが想像できなかった。目に浮かぶのはまんまるの頭ですました顔をしている鳥ばかり。せいぜい図鑑で見たミミズクの耳をおもいうかべるのがせいいっぱいだ。うみみずはいった。

「機械ならどこまでもこまかく数値的に入力して演奏できるでしょ。32ビートどころか64ビートでも128ビートでも演奏可能だよね。でも人間の耳のほうが先に限界がくるから。脳の処理能力が追いつかなくて。せいぜい32ビートまでしか区別がつかない。それ以上に分割されると、のっぺりとした音の連なりにしかきこえなくなるの。でも鳥なら余裕で識別可能なんだよ。鳥の鳴き声って人間の耳にはどれも似たようなさえずりにきこえるんだけど、スローで再生するとそのちがいがわかるの。しかも規則的な文法まであるんだよ。人間の知覚の限界を超えた音の世界は、たしかに存在するってこと」

なるほどと往本は納得した。鳥のさえずりをききわける自信はまったくないけど。

「てことは、ものすごく聴覚が発達した宇宙人なんかがいたら『ニーベルングの指環(ゆびわ)』も、早送りで三分間ポップスとして聴けるかもしれないね」

と往本はいった。

「それってどのぐらい長いの？」

「十五時間。だから九〇〇分、かな」

「じゃあ三分間にするには三〇〇倍の早さで再生しないといけないね。ちょっときいてみたいかも」

「なにきいてるかわかんないとおもうけど。それだけ早ければなにきかされてもいっしょだし」

「人間には無理だね。人間にわからなくて動物にはわかることって、ほかにもたくさんあるよ。聴覚だけじゃなくて視覚も。人間は赤・緑・青の三色しか色を見わける細胞がないけど、鳥や魚は四色目がみえるの。人間が見ているよりも、世界はずっと繊細で彩り豊かに輝いてるんじゃないかな」

「ていうか動物に詳しいよね」

「月刊シートンで読んだ」

そんな雑誌あったかなと往本は首をかしげた。どこか遠くで蟬が鳴いているのがきこえた。うみみずはあらためて往本の顔を見ていった。

「往本って、かわってるね」

「かわってる人にかわってるといわれるとは」

「ほめてるんだけど」

「まあいいや」

夢中になって話をしているうちに往本はシロクマの問題やらドッペルゲンガーを目撃したことなどを一時的にも忘れることができた。ふたりとも食堂に粒山が入ってきたことに気づかなかった。あれこれ話しこんでいるふたりを見て、粒山はにこにこしながらテーブルに近づいてきた。

「ねえねえ、なんの話ですか。ぼくもまぜてくださいよ」

うすい笑みを浮かべてはいるものの、今朝の口論のことでちょっとうみみずにびびっているようにもみえた。ふたりが顔をあげると粒山は脱いでいた帽子をかぶりなおした。

「あれ。粒山もとんずらしてきたの?」

と往本がいった。

「なんですか、とんずらって。今日はもうあがりですよ」

店の時計を見ると五時をまわっていた。だらだらと話しているうちに、いつのまにか退社の時間になっていた。

＊

日が暮れないうちにアパートに帰ったのはひさしぶりだった。往本は部屋で横になってゆっくりと体をのばした。壁にできた染みがなにかの動物の形に見えた。いつも変わらぬ模様をしているが、みるたびにさまざまな種類の動物が浮かんだ。雲のかたちが人の顔に見えたりする現象。典型的なパレイドリア効果。まえにだれかからきいたことがあった。うみみずにきいたのかもしれないし、粒山だったかもしれない。

だれかが騒々しい足音をたてて二階の共同廊下を歩いてくるのがきこえた。ノックもなしにがらりと部屋の戸があいた。レコードを手にした、はでなブラジル女が戸口に姿をあらわした。長い髪を器用なアレンジでくるくるうねらせている。階段をはさんで向かいの部屋に住むロドリゲス姉妹だ。

「あ、ルイザさん」

と往本がおきあがると、

「るいざジャナイヨ、らいざダヨ。ひとの名前まちがえるの失礼ダヨ。最悪ダヨ。死んだほうがマシダヨ」

と彼女は肩を怒らせた。ロドリゲス姉妹は双子だ。ライザとルイザ。その判別はむずかしい。すみませんとあやまる往本を無視し、ライザ・ロドリゲスはもっていたレコードを畳に叩(たた)きつけた。

「こんなのぜんぜんだめダヨ。なんでルンバなのにアラブよ。歌詞からして納得いかないヨ。リズムだってルンバちがう。だめダヨ。本場のラテン音楽しか認めないヨ！」

レコードは「コーヒー・ルンバ」だった。日本の歌詞をつけて日本の歌手が歌ったものだ。たしかにいきなり歌詞に「アラブのお坊さん」が出てくる。ロドリゲス姉妹になにかラテン系のレコードを貸してくれとせがまれたときに、往本がてきとうに貸したものだった。

双子のもうひとりが廊下から、

「べつのレコード貸シテクレヨ」

とおどるような歩き方で部屋にはいってきた。

「あ、ルイザさん。どうも」

今度はまちがいなかった。消去法だ。だが彼女は、

「るいざジャナイヨ、らいざダヨ。名前まちがえは死刑ダヨ」

と舌打ちした。先に来たのがライザじゃなかったのか。そしたらあとからきたのはルイザのはずなのに。つじつまがあわない。彼女たちの舌が絡まるような発音のせいなのか、それともこっちの耳がおかしいのか。

ライザとルイザはせまい部屋のなかで意味もなく踊りかわし、ちょっと目をはなしていたら、もうどっちがどっちかわからなくなっていた。服装も髪型もあいまいだ。

「カルメン・ミランダのレコード貸セヨ」

姉妹のどちらかがいった。

「もってないですけど」

「昨日約束シタダロ」

「してないですよ」

すくなくとも記憶にはない。

「オートモ、ソレデモ男カ！」

どっちかが怒った。

「オーモトなんですけど」

「そんなのドーデモイイヨ」

「名前まちがえたら死刑なんじゃないんですか」

「オマエなにじる人ダ？」

と問いつめられる往本。「なにじる」と限定されるとブラジルしかおもいつかない。

「オマエ約束やぶるのか。そいつぁ獄門さらし首ものダゼ。忍者ナラ、いさぎよく切腹シナ」

忍者も切腹するのだろうか。というか自分は忍者ではない。このところいくらあたまがバカになっているからとはいえ、それくらいわかる。

「カルメン・ミランダないのカヨ。好きなハムと卵のディナーって歌詞ダヨ。それがしはあの曲が大好きダヨ」

「ソウサ。御意サ。あれこそがラテンの神髄デゴザル。あのレコードを貸してくれたあかつきには介錯してやってもイイゾ」

とロドリゲス姉妹は往本にせまった。ふたりの単語の選択の基準がよくわからなかった。時代劇でも見ていたのかもしれない。いっていることも理解できかねるところがあったものの、どのレコードのことをいっているのかはわかった。

往本はレコードのつまった箱から一枚のアルバムを抜き出した。ハリー細野の「トロピカル・ダンディー」だ。冒頭に「チャタヌーガ・チュー・チュー」が収録されている。オリジナルはグレン・ミラー楽団。それをカバーした曲だ。ただしアレンジは、一九四〇年代に活躍したブラジルの女性歌手、カルメン・ミランダのものをそのまま流用している。

ロドリゲス姉妹は南方的な顔立ちのあやしい男が描かれたジャケットを見ると、

「コレダヨコレ、最高ダヨ」

と興奮気味にいった。

「なにじるじんだコレ、なにじるじんダ。イイおとこダネ」

「日本ジルじんですけど」

と往本はこたえた。

「ヨシンバ日本ジルじんであろうと、このレコードは類い希に心のなかでへびろてめがひっとダヨ」

ロドリゲス姉妹はレコードをもって小躍りしていた。

その「チャタヌーガ・チューー・チューー」は、たとえカルメン・ミランダとおなじアレンジだとしても演奏者がちがう。うたってる人だってあきらかにちがう。ハリー細野は日本人だ。国籍もちがうし、性別もちがう。それでもロドリゲス姉妹は気に入っていた。

それにしても、なぜハリー細野はよくて「コーヒー・ルンバ」はだめなのか。歌詞にけちをつけていたが、ほんとうはきっと歌詞のせいではないのだろう。そんなのはあとからとってつけた理屈だ。ほんとうはもっと直感的なところで気に入らなかったのだ。だけどそれをうまく言い表すことはできない。だからとりあえず、わかりやすい箇所を指摘しただけなのだろう。実際どこが好きになれなかったのか、それはロドリゲス姉妹にきいてみなければわからない。たぶんきいてもわからないだろうけど。人の好みなんて感覚的な問題なのだ。たとえば「あの店で作ってるケーキのなにが好きかっていえば、あのクリームのあのホイップ感が好き」なんていってみたところで、なにもわかったことにはならない。そのケーキのクリームを気に入っているのはわかるけど、なぜそのクリームのホイップ感が好きなのかは、どうしたって説明のしようがない。音楽だっておなじだ。

けっきょく理由は本人にだってわからない。科学的に脳内物質が作用しているにすぎないという、もっともらしい考え方もあるのだろうが、だとしたらなにひとつ自分でなにかを選ぶことはできないわけだ。なにもかもが刺激と反射で決まるのなら、あらゆることが演算できる機械さえあれば、世界の過去から未来までなにもかもが見通せることになる。

自分で決めるよりも〇・五秒先に、行動のスイッチとなる脳内の電気パルスが発生しているという話を『わらの犬』という本で読んだことがある。うみみずが留守にしているときに、資材部で目にした本を読んだのだ。自分の部屋には一冊も本がない往本でも、本を読めるものなのだなとそのときおもった。それにしてもいつのことだったただろう。うみみずがコーヒー牛乳を買ってくるといっていたときだったろうか。どうしてそうなったのかはよくおぼえていない。自分で自分のことがわからないというのも奇妙なかんじがしなくもない。だけど、かといって自分で自分の頭のなかを完全にコントロールできるわけでもない。

抽象的な壁の染みが動物の形に見えるのだって、頭がかってに錯覚しているのだ。それはなにもこの部屋の壁にかぎったことではない。フランツ・フートという画家のスケッチをなにかの本で見たことがある。おなじ一本の木でも、木こりにとっては材木としてみえ、おさない少女にとっては魔術的な木の精霊にみえるという絵だ。ほかにもなにかを見て、まるで別なものと見まちがえてしまうことがあってもおかしくはない。

そうかんがえることで、最近たてつづけにおきた不可解な出来事がどうということのないもののようにおもえて、往本はいくらか気持ちが楽になった。

「あねじゃ、こんなところでなにシテルネ」

という声に往本が顔をあげるとロドリゲス姉妹がもうひとり戸口に立っていた。部屋のなかにはすでにライザとルイザの双子姉妹がいる。あらたにあらわれたブラジル女は顔も姿もふたりとそっくりだった。ロドリゲス姉妹がふえた。往本は直感した。

「ど、ドッペルゲンガーだ。二人とも死んでしまいますよ！」

まさか自分の分身ばかりでなく、他人の分身までみえてしまうとは。いくら錯覚といえども、さすがに頭がどうかしてしまったのではないだろうか。

　だがロドリゲス姉妹はいった。

「なにいってんダ。うちら三つ子ダヨ」

「え」

　三人を見くらべる往本。

「彼女はろいざダヨ。昨日バイーアから到着したヨ」

「そうだったんですか。あんまり似てたんでちょっとびっくりしました」

「あたりまえダロ。そっちだって双子ダロ。昨日いっしょにサンバ踊ったダロ」

　ロボットみたいにそっくりだった。

　そんなおぼえはない。

「おれが双子ってどういうことです？」

「あんた、ドッチのほうダヨ？」

「なんの話かわからないんですけど」

　往本があっけにとられていると、コイツのりが悪いほうダヨといって、ロドリゲス三姉妹はぞろぞろと部屋を出ていった。向こうの室でレコードをかけたのがきこえた。大音量。まるでアパート全体にリゾネイターでも埋め込まれているかのように、ロドリゲス姉妹のステレオの音が響いた。

＊

工場は休日だった。アパートの一階にある共同の公衆電話に粒山から連絡があり、いつもの用水路で鮭が釣れたというから行ってみることにした。水路で鮭が釣れるわけがない。ふざけたことをいって、遊びに来てもらいたいだけだろう。

往本が工場を囲む用水路をたどっていくと、きゃあきゃあとはしゃいでいる若い女たちの姿があった。裾をまくって水路に入り、きらきらとした水滴を太陽にはね返している。強い日射しに色とりどりの四肢がゆらめいているさまに、往本は少しく圧倒された気分になった。

彼女たちを避けるようにして、その場をとおりすぎようとしたら、

「往本くんじゃないですか」

と声をかけられた。粒山だった。みんなの輪のなかで水路に立ち、全身をびしょ濡れにしていた。よくみるとまえにも見たことがある人たちばかりだった。粒山の数多いつきあい相手の女性たちだ。まとめて会うこともあるのかと意外なかんじがした。

「鮭ですよ、ほら」

と粒山は大きな魚を両手にかかえた。一メートル近くあるように見えた。反りかえった顎(あご)。暗い銀色の腹が陽光を浴びて輝いていた。鮭の実物はスーパーの切り身でしか見たことがなかったが、図鑑で見たのといっしょだ。鮭は粒山の腕のなかであばれ、ぼたりと水路に落ちた。女たちが歓声をあげる。彼女らは腰をかがめて新たな鮭をつかまえようと水をはね飛ばし、けたけたわらった。水路は鮭の群れでいっぱいだった。

粒山はうすい髪の毛をななめに垂れさげたまま、水からあがった。

「まるでクマになった気分ですよ」

服がぐっしょり濡れていた。

「なんでこんなところに鮭がいるの？」

と往本がきくと、

「産卵しにもどってきたんじゃないですか」

「水路に鮭とかおかしいよね」

遡上(そじょう)する季節にも早すぎるし。

「来ちゃったものはしかたないじゃないですか。もといた川をうっかり忘れちゃったのかもしれませんね。集団アムニジア。記憶喪失症みたいな。おかげで今日は鮭パーティーですよ」

と粒山はわらった。大量の鮭が用水路をのぼってきたこともふしぎだったが、粒山がおおぜいの女性を引き連れていることもふしぎだった。

「往本くんも鮭パーティーやりますよね」

粒山が無邪気な顔でいったが、

「鮭なら毎日工場で食べてるからいいよ」

と往本はこたえた。

「やだなあ。なにも鮭がメインなわけではないですよ」

と粒山はおもわせぶりにいった。往本はまるで気乗りがしない。大勢ではしゃぐようなパーティーに自分が参加するのはどうも場違いなかんじがした。

ふと視線をそらすと、少しはなれた先の水路のなかに立ち、粒山の背中を見つめている女の姿に気づいた。ほかの女たちとくらべ、柄もなにもない白いシャツと黒いスカートという地味な服装をしていた。安っぽい麦わら帽子の陰に隠れた顔立ちもどこか暗い。非常に整ってはいたが表情がなく、あまりにも特徴に欠けていた。たえまなく流れる水路の水がその膝(ひざ)を濡らしている。

女は往本の視線に気づくと、どこか敵意のこもったようなつめたい目つきを返してきた。あるいは感情というものがくっきりと欠落したみたいな、空虚で透明なビー玉のようなまなざしでもあった。往本はぎょっとして目をそらした。どこかで見たことがあるような気がしたのだけど、どこで見たのかおもいだすことができなかった。

「イクラだイクラだ」

という声に往本と粒山がふりかえると、はしゃいだ女たちが鮭の腹にパンチを浴びせ、われた腹部から赤いつぶつぶをとりだしてよろこんでいた。

「ピラニアはいないの」

往本は粒山にきいた。だが粒山は、

「ぷりんぷりん音頭って知ってます?」

となんの脈絡もない返事をした。

「なにそれ」

「あるんですよ、そういうのが。温泉には音頭がつきものですからね」

「どこの温泉」

「いや、ぼくも詳しくは知らないんですけどね、ここの地下に温泉があるっていうんですよ」

「地下墓地があるとかいってなかった?」

「墓地もあるけど温泉もあるんですよ」

「もしかして鰐田さんがいってたの」

まえにカッパがいるといっていたのも、たしか鰐田という人だった。彼女は来ているのだろうか。ざっと見まわしてみたが、だれが鰐田なのかわかりようがない。みんなだいたい同じように見えた。

「地下からわき出てきたそうです。若返りの湯っていいましてね。名前のとおり、はいると体が若返るんですよ。すごいですよね」

「なんか嘘くさいけど」

「わかりませんよ。なにがあってもおかしくはない世の中ですから」

そういわれるとそうだけど、できれば平穏な生活がしたい。

「しかもですね。その温泉は禿にも効くっていうんです」

粒山が興奮をおさえきれないようすでいった。うみみずにハゲといわれたのをまだ気にしているのかもしれない。そのわりにはさっきからだらしなく頭髪が顔にまつわりついたままだが。往本はその髪を定位置にもどしてやりたい衝動で、あまり話に集中できなかった。

「ぷりんぷりん音頭ですけどね、こんなかんじだそうです」

といって粒山は中腰になり肘を体につけ、握りこぶしを肩の高さにあげて、全身を左右にぷるぷるふるわせはじめた。踊りなのか病気なのかよくわからない運動だった。

「往本くんもやってみてくださいよ」

粒山の目がいつになく真剣なので、往本もしかたなくまねをした。

「もっと力強く。魂の揺さぶりを見せてください」

吠える粒山。ジャズの即興演奏のような独自のアレンジが加えられ、足首から頭髪まであ りえないほどちぐはぐなうごきで全身が痙攣している。とてもじゃないがまねできるわけがない。往本は踊るのをやめた。粒山は恍惚の表情を浮かべて体をふるわせている。サイケデリックなエレクトリックギター奏者のような酔いしれた顔で額から汗を噴き出していた。そこへ、

「ようハゲ」

という声がした。だれかとおもえばうみみずだった。Tシャツとハーフパンツという飾り気のない格好をしていた。粒山は現実にひきもどされたような顔でふりむいたが、体の蠕動はすぐにはとめることができなかった。奇怪な化け物のような動きを見せながら、

「うみみずさんじゃないですか。どうしたんですか」

と粒山は震え声でいった。

「おまえがどうしたんだよ」

うみみずはこたえた。

「ぷりんぷりん音頭ですよ。ご一緒にどうです」

うみみずは軽く体をくねらせるようにしたが、むずかしすぎるといってやめ、脱げたサンダルをはき直した。粒山の首からうえが、胴体の痙攣に飲みこまれるかのように、ふたたび震えはじめた。うねりに慣性がはたらき、もはや意志をのっとられているかのようなトランス状態だった。往本はうみみずにいった。

「休日に会うのめずらしいね」

「来いっていわれたから来たんだけど」

「粒山に?」

「いや。往本だろうが」

「え、おれ」

往本はぽかんと口をあけた。

「カッパ巻きが食い放題だっていうから」

「なにそれ」

「なにそれって自分がいったんじゃん」

「いついったの」

　ていうかカッパ巻きが食えるというだけで、わざわざ出向いてくる人もいるのかと往本は妙なところに感心した。そのとき用水路で鮭とはじけていた女たちが、

「ちょっとこれ見ておくんなまし。鮭がパンツから飛び出しちゃったでんがな」

「カミツキガメに右腕を食いちぎられたべ」

「大量の吸血ヒルに臀部（でんぶ）周辺を吸われて貧血が加速したでごわす」

　などといってわらいながら往本の腕をつかんだ。やたらとなれなれしかった。ひとりは笑顔で鼻血をたらしていた。内輪で盛りあがっていて、往本を粒山とまちがえたようだ。うみみずは無表情で往本を見、目をほそめて黙った。往本は狂熱の女たちにからだをひきずられながらも、

「カッパじゃなくて、とろサーモンでもいい？」

　とうみみずにきいた。だがうみみずは、

「とろサーモンアレルギーだから帰る」

　と舌打ちした。往本がなにもいうまもなく、彼女はきびすを返して去っていった。

　くっきりとした雲が豪気にうねる水色の空。往本は女たちの渦にのみこまれ、粒山は驚嘆の顔で痙攣しつづけていた。

＊

夕方、往本がアパートの部屋でぼんやりとオレンジ色の雲をながめていると、共同階段をあがってくる足音がきこえた。足音は階上でとまり、二言三言会話が交わされるような声がしたが、レコードの音でかき消され、その内容は耳に届かなかった。すぐに入り口の戸がノックされた。

「どなたですか」

「粒山です」

と知らない女の声がいった。戸がひらくと女が姿をあらわした。女は色あせた浴衣(ゆかた)にすりきれた帯をしめていた。腰にさした白い団扇(うちわ)は黄ばんで端がぼろぼろになっている。髪はほつれて、つかれた表情をしていた。たったいま路地裏で追い剝(は)ぎにでも襲われてきたかのようだった。

「主人がお世話になっております」

女は大事そうに風呂敷(ふろしき)包みをかかえていた。そしてゆっくりとした動作で畳に正座した。薬指に指輪がはまっていた。髑髏(どくろ)の形をした銀色の指輪だった。

「主人といいますと」

　往本がたずねると、

「わたくし粒山ナシエともうします。フサオの妻でございます」

　往本はおどろいた。粒山に奥さんがいたとは知らなかった。話題にしたことも詮索したこともなかったのでちっとも気づかなかった。

　ナシエは風呂敷包みから一升瓶を取り出した。

「つまらないものですが召し上がってください」

　といって往本にさしだす。

「すみません。こちらこそお世話になってます。あいにくお酒は飲めないんです」

　と往本が受け取ったものか迷っていると、

「お酒ではありません」

「なんです」

「タバスコです」

「はあ」

　一升瓶につまったタバスコってなんだよとおもったが、とりあえず受け取った。

「おりいってお話があるのですが」

とナシエはいった。口もとは半開きで、まばたきしない大きな目。特徴的なタイプの美人だ。人ごみのなかでも千メートル先から彼女の存在に気づくだろう。眉毛がやたらと薄いのが少し不気味にかんじられた。カミソリで剃り落としたかのように薄かった。

「お話といいますと?」

往本はうながした。ナシエは居住まいを正した。

「ときは文久二〇五年——」

という意味不明の文言で語り出された話は、粒山の印象をおおきく塗りかえるものだった。まじかというような非道い所業だった。まるで近代日本文学の自堕落で無頼派気取りの文豪みたいな放埒な生活を送っていたのだ。

乱暴、狼藉、妊娠、堕胎、流産、借金、質入れ、困窮、放蕩、女遊び。ようやくもって産まれてきた子は言葉が喋れず表情もない。粒山はそんな家庭にますます気を滅入らせ、これまで以上に酒を浴び、博打に財産を注ぎ込んでは、ほうぼうの女の家に泊まり込む始末。たまに家に帰ったかとおもえば金を無心し「おもしろくもない!」と怒鳴って、おもむくままに妻子を蹴りとばす。子は泣きわめき、ナシエの体にあざがたえることはなかった。ご覧くださいといって、彼女はそのあざを往本にみせた。

子どもは度重なる虐待の末、棄てるように施設にほうりこまれたという。ある夜などはメキシコの幻覚性の麻薬でへろへろになり、裸で薔薇の花をくわえて口からだらだらと血を垂れ流しながら、家の裏手の人気のない墓地の柳の木にナシエを縄で縛り付け、スーパーヒーローが巨大隕石を拳で打ち砕くという筋書きのひとり田舎歌舞伎を日が昇るまで披露したこともあったという。ナシエが疲労困憊し、うとうととまぶたを閉じるたびに、粒山は般若のような顔を剝き出しにして「めんたまかっぽじって、よおくききなあああ！　おいらの餓鬼がこんななのは、おめえのせいにほかならねえんだあ！　ここが地獄の四丁目よおっ！」といって、ちからまかせにナシエの腹に鋭いげんこつをめりこませたのだという。

「とんだ悪党じゃないですか……」

往本は独り言のようにつぶやいた。

いつも気弱にわらっているくせに。あれは本性を隠した芝居だったのだろうか。人は見かけによらないというのはほんとうかもしれない。だがそのいっぽうで、もしかしたらナシエの創作が混じっている可能性もなくはないともかんがえた。しかしだとしたらなぜこんなにまでひどいあざができているのか説明がつかない。往本の弱々しい笑顔。ナシエのまがまがしいあざ。なにがほんとうなのかわからなくなっていた。

ナシエは浴衣をなおし、からだの傷を隠した。そして告白するようにいった。

「子は四歳の誕生日を迎えるまえに施設で自殺しました……」

往本は頭が破裂したような気分になって、なにもいうことができなかった。部屋の柱がS字にゆがんでみえた。

「いまとなっては、主人と子とのしあわせだったほんの束の間の思い出だけが、ゆいいつの生きるよすがとなっております。ですが、そんな思い出があるからこそ、いっそ死んでしまいたいやうな気持ちにもなるのです」

「そうですか」

ようやくそれだけの言葉を口にする往本。

「遠い昔のうつくしいおもいで。いえ、決してうつくしいといえるものではございません。むしろひどいことばかりです。滅法界にご無体なライフ。でもそれさえも二度と取り戻すことの叶わぬ過去のできごととなると、ただそれだけでうつくしいものとしてこころのなかで変質してしまうのです。どんなことであろうと、あまい記憶だけが心のなかで美化されて残るものなのですね」

ナシエは遠くを見るような目を窓の外に向けた。窓は夕暮れの橙色で、くっきりと四角く浮かびあがってみえた。肌にからみつくような湿度の高い空気が充満していた。

ナシエはつづけた。

「おそろしい化け物です、過去というのは。そして記憶というのは。おもいでというものの正体は、いったいなんなのでせう。やはり時間がそこにあるからなのでせうか。二度とかえらぬかけがえのないひととき」

そして視線を手もとに落とし、

「時間はかなしいものです。過去はもどらず、未来は永遠に来ない。なのに時間は止まらない。いまこの瞬間にしか、わたくしたちは生きられないのです。時間などというものさえなければ、かなしみもありませんですのに……」

往本はそれに返答する言葉を持ちあわせていなかった。そして飲み物も出していないことに気づき、立ちあがって部屋の隅でうなっている冷蔵庫を開けた。牛乳しかなかった。コップについで、それを出した。ナシエはありがとうございますと礼をいってコップに口をつけた。彼女はふうと息をついた。口のまわりに牛乳の白い跡を残したままナシエはいった。

「ミルクのにおいをかぐとおもいだします。あの子はミルクが大好きでした。においと記憶というものは密接につながっているのですね。納豆やマドレーヌみたように」

納豆もマドレーヌもなんのことだか往本にはわからなかったが、牛乳を出したのは失敗だったかもしれないとおもった。なにかべつの話をしたほうがよさそうだ。

「その花柄模様はきれいですね」

往本はナシエの浴衣をほめた。実際はくすんで花なのかなんなのかよくわからないのが不安ではあったが、ほかにおもいつかなかった。

「これは花ではなくて猫です」不安が的中した。「でも花にみえますよね」

といって彼女はほほえんだ。往本はうろたえつつも、

「ええ、とてもよくみえますよ」

といった。ナシエはえみを崩さず、

「いまはどこへいってもおなじ花ばかりでせう。あっちへいってもこっちへいってもおなじ花を目にします。自然になかった大味で派手な花。お役人さんたちが行政運動でみないっせいに植えるのでせうね。なんでもかでも右へならえですから。だれに命じられたわけでもありませんのに。まるで海を泳ぐ魚の群れを見ているかのやうです。おかげで列島全体がおなじ花で埋めつくされ、そうしておなじ蝶ばかりが集まります。近頃はモンシロチョウもめずらしいものになりました。いるのは特殊な蝶蝶ばかり。主人に群がるあの女どもというのも、さしずめそんな蝶蝶と似たやうなものでございませう。群れをなしてのさばっているのです」

薄い眉毛が小刻みに震えているのを往本は見た。ナシエは手もとの盆にコップを置いた。牛乳が波打ちこぼれそうになった。そして、

「鮭パーティーは中止になりました。鮭バーベキューなんて、だれがよろこぶものですか。鮭オンリーですよ。そんなふしだらな宴はゆるされたものではございません。とはいえ、中止になったのは天気のせいでございますが。途中で雨が降りましたからね。天が采配をふったのでございませう。ひどいどしゃ降りでした」

「雨なんか降りましたっけ」

と往本は首をかしげた。パーティーには出ずに家にいたが、雨が降ったおぼえはない。ナシエは意味ありげに外に目を向けながら、

「ええ。わたくしが降らせたのです。彼女らの狂乱を台無しにしてやろうとおもいましてね。青天寺のてるてる坊主を鴨居から逆さづりにして鞭で打擲しました。しぶとい坊主でなかなか音をあげなかったのですが、こっちも必死です。たがいに汗だくになりました。しかしわたくしはあきらめませんでした。全身全霊をこめて坊主をいたぶったのです。ついにその努力が実り、わたくしのふるった鞭は音速を超え、ソニックブームが爆裂いたしました。刹那、世界が聾啞になったかとおもわれました。その直後、坊主の断末魔とともにこの世に音がよみがえってきて――。空はにわかにかき

曇り、沛然と雨。雷鳴とともに大粒の雨が地面を打ちつけたのです。空気の振動が雲をふるわせたのでせう。きわめて科学的なことです」

半分以上なにをいっているのかわからなかったが、往本はあたりさわりのないように気をつけながら、

「ふしぎなこともあるものですね」

「雨を降らせるくらいどうということもございません。そもそもあの鮭の群れだって、わたくしが呼んだのですから。屋根の上に立ち、ソプラノリコーダーを吹いたのです。まったく。このわたくしが世界を操っているというのに、どうしてこのような仕打ちにあわされるのでせうね」

ナシエは一度もまばたきをせず往本の顔をみていたが、その焦点は遥か彼方に突き抜けているかのようだった。

「パーティーが開催されているあいだ、わたくしは黒魔術で主人を呪いました。ごらんになったでせう。主人が数尾の鮭をかき抱きながら、泡をふいて倒れたのを。目を白濁させて『もうちょっとで体が溶けて死ぬかとおもいましたよ』とあなたにいったでせう。おおげさなとあなたはおおもいになりました。でも主人の顔色が濡れたゴムのやうにてかっているのをごらんになって、背筋に戦慄が走ったのをおぼえておいで

のはずです。主人の顔に土砂降りの雨が激しく打ちつけ、皮膚を豆腐のやうにゆるゆるにしました。いつも浮かべているあのふやけた笑顔。おもいだしただけでも憎らしい」

唇をわなわなと震わせるナシエ。奇妙な嘘だと往本はおもった。往本はパーティーには出ていない。粒山がたおれたことだって知らなかった。そもそもそれが事実かどうかさえあやしいものだ。

「まるで目の前で見てきたみたいですね」

と往本はいった。

「目の前で見ていましたから」

とナシエ。

「どうもへんですね。あなたはその場にいたのですか」

その場にいたのなら、往本が会場にいなかったことぐらいわかるはずだ。

「映像がわたくしの目にとびこんでくるのです。千里眼のやうなものだとおもってくだされば、科学的に説明がつくでせう」

「千里眼というのが、あまり科学的ではないような気もするのですが」

「人間のおもいこみというのはじつに滑稽なものですね」

といってナシエは表情をゆるめた。いつのまにか部屋は薄暗くなっていた。窓の外の夕闇が濃さを増していた。耳元を蚊が音をたててかすめていった。

「暑くないですか」

といってナシエは団扇で顔をあおいだ。往本は扇風機が止まっているのに気づいた。なにかの拍子でタイマーになっていたのだろうか。立ちあがって部屋の電気を点けようとすると、

「ほら、夜が呼吸しているでせう」

とナシエが部屋の陰影になにかをみつけたような顔をして、じっと隅のあたりを見つめた。往本は暗がりに目をこらして視線の先を見たが、暗いばかりでなにもみえない。

気を取りなおして往本は電気を点けた。とたんに人工的なまぶしい灯りが目の奥を貫き、こめかみの裏側に不快感をかんじた。ナシエは無表情で団扇をあおぎつづけていた。明るい電灯の光の下で、彼女の衣服のみすぼらしさが際立ってみえた。一瞬、土葬の墓穴から出てきた死人のようにみえてぞっとした。往本はみょうな気分をぬぐいさろうとおもい、

「いつも浴衣なんですか」

とたずねた。

「今日はお祭りですよ」

とナシエがいうと花火があがる音がした。往本は窓の外に目をやった。花火の音がつづけてきこえた。音はするのだが建物のかげになっているのか花火そのものがみえない。にじんだ光を屋根に落とすのだけがみえたような気がした。

「灯りを消してください」とナシエがいった。「そのほうが花火がよく見えます」

「ここからでは角度的にみえないようですが」

「それでも消したほうがよく見えるのです」

往本はしかたなく電気を消した。花火の音がした。一度明るさになれたせいか、部屋はさっきよりもずっと暗くかんじられた。花火の音がした。大きな玉だったのか、震動が体にまで響いた。窓からみえる家々の屋根が静かに花火の光を反射させている。往本はそのようすをながめながら畳に腰をおろした。ふたりはしばらくだまって、花火の音を鑑賞した。ふと気配をかんじ往本が胸をはっとさせると、ナシエがすぐそばに体をよせていた。

「幸いなるか不幸なるか。わたくしにはもうかなしんでくれるものもおりません。子があの世で待つばかりでございます。あたし、今度はかわいらしい女の児がほしいですわ」

と彼女はしらじらしい役割語で媚(こ)びるような目を見せた。ナシエのすすり泣くような声に往本は気味が悪くなってきた。

「どういうことですか」

往本が体を離そうとすると、ナシエは両手でしがみつくようにして、

「わたくしの魂を救済してくださいまし」

といった。

「そういわれてもどうしていいかわかりません」

ナシエは浴衣の帯をほどきはじめた。

「魂をすくってください。あたかも金魚すくいのごとく。いえ、ほんの些細(ささい)な遊戯のようなものでございます。泥鰌(どじょう)すくいでもいっこうにかまいません」

「こまります」

「いいじゃないですか。あなただって女遊びの一つや二つしたことがございますのでせう。男の人なんて、みんなそんなものではありませんか。なぜわたくしの相手になってくれないのです」

「それって浮気じゃないですか」

「主人だって浮気をしているのです。わたくしが責められる理由がございますでせうか」

「それはそっちの都合です。こっちはそのつもりはないです」

と往本がいうと、ナシエはうごきをとめ舌打ちをした。浴衣をゆるめたまま、ふんと鼻を鳴らし暗がりでがさごそとする。にわかにぱっと明るくなったので、花火があがったのかと往本は反射的にふりかえってみたが音がなかった。かわりに煙草(たばこ)のけむりが漂ってきた。ナシエがライターで火をつけたのだ。暗い部屋のなかで煙草の先端が赤く点灯した。往本はいった。

「煙草は苦手なので吸わないでもらえますか」

ナシエの表情はみえなかったが、不機嫌になっているのがありありとかんじられた。ぷかぷかといそがしそうに煙をはきだしている。室内にもうもうたる青い煙が立ちこめた。

「煙草はやめてください」

とくりかえしたが、ナシエはつっけんどんな調子で、

「うるせー蛸(たこ)！　おい、灰皿はどこだ。気がきかねえな。おまえが灰皿か。ええ。おまえが灰皿なのか。それ、こうしてやる」

といって、煙草の先を往本の手の甲にぐりぐりと押しつけた。往本は叫んだ。煙草は赤い灰を線香花火のように畳にまき散らしながら消えた。往本は熱いのか痛いのかわからないくらいだった。まるでプラスチックみたいなにおいがした。最悪の気分だった。

「もう帰ってください」

往本が声を荒らげると、いわれなくても帰るよ、この惚け猿がと捨て台詞を吐いてナシエは往本に平手打ちを食らわし、部屋をあとにした。花火の音はもうきこえなくなっていた。

＊

翌日、たまった仕事に追われ、往本が少し遅れて社員食堂に入ると、まだちらほらと従業員がくつろいでいるテーブルのなかに、粒山とうみみずの姿をみつけた。ふたりとも食事をおえていた。うみみずはイスに座った粒山の頭をしきりに下敷きでこすっていた。こすっては持ちあげ、とぼしい粒山の髪の毛をさかだてている。いい大人が退屈しのぎに静電気で遊んでいるようにみえた。

構内のエアコンは節約のためにどこも温度が高く設定されていた。食堂も生ぬるい空気で満たされている。かといって窓をあければもっと暑い空気が流れこんでくるだろう。ふたりがいるテーブルに鮭定食をもっていき、なにしてるのとたずねると、

「動物と人間とどっちがうえかを話していたら、こうなったんですよ」

と粒山が頭をこすられながらこたえた。

「それが頭と関係あるの？」

往本は粒山の髪の毛について触れないよう遠回しにきいた。

「毛がないからっておもいあがるなっていわれましてね。ぼくが禿だから動物を毛物といってバカにするんだろうって。おまえなんかこうしてやるっていわれて、こうされているところなんです」

ストレートな返事だった。

「人間は動物とちがって魂があるとかわけわかんないことというからだよ」

うみみずは粒山の頭頂部を下敷きでこすりながらいった。うみみずの例のスイッチが入っているのだなと、すぐに往本は察した。粒山に話があったのだが、わりこむのは無理だとおもい箸（はし）で飯をつついた。

粒山はいった。

「だから、それはまだ科学では解明されていないっていうか。言葉では説明できないんですよ。まだまだ未知の領域なんです」

「なんでそうやって人間ばかり特別あつかいするわけ」とうみみず。

「なんていうか、直観的にわかるでしょう。そもそもわれわれ人間の意識というのも直観的なものですから」

「うそだね。動物に意識がないかどうかなんてわからないでしょ。べつに意識そのものが幻想だとはいわないよ。でも人間にあって動物にないっていう直観は、バカな幻想としかいいようがないね」

「そこはやっぱり脳の大きさとか、知性の高さとかによるんじゃないですか。コップから水があふれ出すみたいに一定の閾値(いきち)を超えたところに意識というものが芽生えたんですよ。これはやはり人間特有のものですよ。たとえばほら、クオリアとか」

「おまえバカじゃねーの」

下敷きのうごきが激しくなった。

「ちょっとやめてくださいよ――」

「じゃあ、あれだね。たとえば、ある日宇宙人がやってきて『人間にはピーレモがないから劣った下等生物だ』っていわれたらどう反論するの。素直に受け入れるの。受け入れないよね。ぜったい全力で否定するよね」

「なんですか、ピーレモって」

「クオリアと似たようなもんだよ。外側から観察したところ、人間にはピーレモをかんじているようすが確認できないから持っていないと推測されてるの。なにしろ人間は宇宙人にくらべて知性が劣るし、原始的な生物だからしかたないよね。宇宙人からしたらピーレモをもたない人間なんて、ただの石ころといっしょ。自動的にうごいているだけの無用の長物」

「それはちょっとおかしな理屈だとおもいますけど」

「ほらね。クオリアなんてそんなもんなんだよ。そういう言葉を道具にして、自分たちは特別だって主張するの」

「いや、その仮定は納得がいかないなあ。それってピーレモという特殊なものではなくて、その宇宙人がもっているクオリアの幅が、人間よりもほんのちょっと広いっていうだけのことなんじゃないんですか。あるいはレンジがずれているだけかもしれませんね。われわれ人間以外にも、この宇宙のどこかに知的生命体は存在しているのかもしれませんけど、こころの問題という点においては、それほど大きな差はないはずです。おそらく量的な問題に還元されるはずですよ」

「うわー詭弁だ。おなじ地球に住む『野蛮な動物』よりも、よその惑星の『知的な宇宙人』に近いっていうんだ。たまげたよ。そこまでして自分を高みにおこうとするあさましさ。そもそも人間は自分たちのことを『知的生命体』なんていうけどさ、なにをもって知的とするの。自分の基準でしか知的かどうかを測れないなんて、あきらかに知的じゃないよね。むしろ大馬鹿。『どんな動物もあなたよりずっと多くを知っている』って言葉知らないの。ネズパース族の格言。かれらこそ天才だよ。バカな人間って、動物たちとちがってブラフマンとアートマンが切り離されちゃってるんだね。そういう意味ではあわれでかわいそうな存在だよ」

「まるで自分が人間ではないみたいないいようですね」

「すべてはみんなつながっている。ミタクエオヤシン。バカな人間は不二一体になれないだけ。完全に動物以下だね」

「そんなことありませんよ。だってこうした直観は、どうしたってぬぐい去れないものなんですから。厳然とこの意識のなかに存在しているんです」

「あっそ。太陽が地球のまわりを回っているっていうのも、直観だよね。直観なんて頼りにならないよね。天動説といってることが同じ。われわれの住む地球は特別な存在で、宇宙はわれわれを中心にまわっているんだっていうパターン。われわれ人間の心は特別で、動物たちとはちがうんだっていいたいだけじゃん」

「いえ、それは土星のうごきを綿密に観測した結果、単純に宇宙が地球を中心にまわっているのではないと判明したわけじゃないですか」

「だったら、意識とか心の問題だってそうじゃん。なにひとつ判断材料すらそろってないのに、ポエムな言葉で人間の心を神格化して。バカなヒューマニズムの典型だね。ちっとも真摯じゃない。欺瞞のかたまり。考えが足りないとしかいいようがないね」

「でも人間が美しい魂を持っていることは否定できないでしょう。すくなくともぼくはそう信じています。人間はときとして自己を犠牲にして他者を救うことさえありえます。これは機械的に生きている動物では、かんがえられない美しい行為ですよ」

「てめえはあたまがわるいからかんがえられないだけだろーが。この禿頭は伊達か。伊達に禿げてるのか。人間賛歌くそくらえ。恥を知れ。いきものでも最低レベルの存在だよ。都合のいいとこだけクローズアップして、バカでもわかる美談に仕立てあげ、人間の存在をもちあげるっていういつものやりくち。ほんとくだらない」

「じゃあ動物にはなにか特別なものがあるというんですか」

「あるよ。昔うちで飼ってた犬なんて、感情のかたまりだったよ。自動的に生きてるそこらの人間なんかよりも、ずっとずっとはるかにゆたかな感受性があったね」

「飼ってたっていっても、子どものころの話ですよね。そんなおさない記憶じゃあてになりませんよ」

「ほら、その決めつけ。子どもの記憶が薄いなんてどうしていえるの。それにちょっとでも動物にこころがある例を出すと、すぐに錯覚だって決めつけるしさ。そのくせ人間の魂は錯覚じゃなくてたしかに存在するんだって決めつけるし。偏見の権化だね。これがバカの所業じゃなくてなんだっていうんだよ、このハゲが！」

「でも動物に野蛮なところがあるのは事実ですよ。それが野性というものです。なにしろかれらは文明というものをもちませんからね」

「人間みたいにバカじゃないから、そんなの必要ないんだよ」

「そうですか。だったらうみみずさんは、けだもののような生き方を目指しているんですか。腹がへったらほかの生き物を殺してむしゃむしゃと喰らい、なんの発展性もなく、おのれの欲求欲望のおもむくままに行動して、死ぬまでの日々をただだらだらと暮らすだけ。そんなレベルの低い人生を送るのが正しいとでもいうんですか」

「それってまさに人間がやってることじゃん。完璧な自己紹介だね。『非人間的』とか『動物的』っていうとすぐに野蛮だとか未開だとかいうふうにもっていくのは、のうたりんどものおもいこみ、視野狭窄でしかないよ。『けだもの』とか『野獣のように』とかいう言葉もいっしょ。動物が野蛮だなんていう事実はないのにさ。そういう分類がはなから存在すると決めつけて、用意周到につくられた差別用語。大昔にマーク・トウェインって作家も『おなかのすいた犬にごはんをあげれば、嚙みつくなんてことはしない。だけど人間は平気で嚙みつく。人間こそがあらゆる生き物のなかで最低の糞ゲス野郎だ』っていってるのにね。ニーチェだって『道徳的な生き方は人間の専売特許ではない。道徳的な美徳とされるものの起源は、すべて動物の美質に由来する』っていってるくらいだよ。まったくなにが『負け犬』だよ、なにが『犬死に』だよ、なにが『犬畜生』だ。潜在意識に固定観念が染みついてるんだろうね」

「いや、でも人間と動物がちがうっていうことは、多くの学者がいってることじゃないですか」

「ちがうね。多数派のバカが幅をきかせてるだけ。なんだかんだいって、人間を特別あつかいするバカな学者連中の言葉のほうが、バカな人間どもにとって心地がいいから、世間に広く受け入れられてるっていう構図ね。自画自賛。とんだ集団オナニー野郎だよ。ああむかつく。わだばテロリストになる！」

食堂でくつろいでいた社員たちが三人のほうにふりかえった。はなれたところから見たら、だれもこんなややこしい話をしているとはおもわないだろう。やはり静電気をおこして遊んでいるようにしかみえないはずだ。

うみみずは食堂内の視線を集めたことに気づいたのか、照れ隠しのように人差し指であごをかき、テーブルに下敷きを投げすて、さっと出ていった。粒山はため息をもらし、乱れた髪を手櫛(てぐし)でととのえた。それから、いつものふやけた表情で往本を見てほほえんだ。

「まいったなあ」

「うみみずさんは動物のことになるとうるさいからね」

と往本はいった。昼飯はあらかた食べおえていた。鮭の皮が皿のうえでねじれている。粒山がぼそりといった。

「ほんとうはぼく、かわいい女の子にうまれたかったんですよね」

「なにそれ。気持ち悪いんだけど」

にやにやした顔つきでいわれるとよけい気持ちが悪いとおもったが、真顔でいわれたらもっと気持ちが悪いだろう。粒山は、

「どうしてぼくはうみみずさんじゃないんですかね。どうして彼女はぼくじゃないんでしょう。なんだか不公平ですよ」

「ちょっと意味わかんないんだけど」

「だってぼくって見たかんじ気持ち悪いでしょう。だけどうみみずさんはかわいい。いや、すくなくともぼくはそうおもうんです。ぼくからすれば女の人はみんなかわいいわけですが。それぞれかけがえのない個性があって。なのにどうしてぼくばかりこんな顔してるんでしょうね」

「べつにいいんじゃない。とりたてて悪くはないとおもうよ」

見たかんじが気持ち悪いというより、いってることが気持ち悪い気がしたけど、自分のことを気持ち悪いとかんがえている粒山が、往本には気の毒におもえた。まさか彼がそんなふうにかんがえているとはおもってもみなかった。もっと自信たっぷりにひょうひょうと生きているのかとおもっていた。

「なんだか納得いかないですねえ。できることなら交換してもらいたいです」

とぼやく粒山。

「交換できるようなら、べつにうらやましくおもわないんじゃない。だって交換できないからこそ、かけがえのない存在なわけでしょ。不可能だから交換してみたい気持ちになるだけだよ」

「そうかなあ。交換できるならいくらでも交換したいですけど。なんでぼくはこんな姿なんだ。神を恨みますよ」

時間がたつにつれて社員食堂に充満していたざわめき声もその数をへらしていく。

「ねえ、往本くん。ぼくがうみみずさんがぼくだったらどうします。中身がそっくり入れ替わってるんです。こころというか、魂が」

と粒山にきかれ、

「なんか想像しにくいな」

「どっちを好きになります」

「どっちもふつうだけど」

粒山はちょっと呆れ気味の顔で、

「つまらないなあ。だけどでも、もしほんとうに入れ替わったとしたら、ぼくはいったいだれなんでしょうね。ぼくはうみみずさんなんでしょうか。それともやっぱりぼくのままなんでしょうか。つまりぼくの本体はどこにあるんでしょう。頭、それとも体。体がうみみずさんになった時点で、ぼくの魂は消え去って、うみみずさんの魂と化してしまうのでしょうか。それとも体と魂は別々であって、ぼくの意識はのこされたまま、自分がうみみずさんの体になっていることを認識できるのでしょうか」

「そういう話、頭が痛くなってくるんだけど」

「ぼくってなんなんです」

「そんな子どもみたいなこといわれても」

「でも考えだしたら気になるじゃないですか。ぼくがつきあってる女性たちだってみんなひとりひとり個性をもっているわけですよね。だけどぼくはそんな彼女たちのことをどれだけほんとうに理解しているのか。彼女たちの本体はどこにあるのか。彼女たちを彼女たちたらしめているのはなんなのか。かんがえてみたらすごくふしぎですよね」

記憶かな。往本はぽつりとつぶやいた。粒山の奥さんがいっていたことをおもいだしていた。おもいでだけがたよりでもあり、おもいでだけがかなしみをもたらすと。

「それまで生きてきた記憶。その積み重ねがあるから、その人がその人として存在していられるんじゃないかな。もしある朝目がさめて、昨日までの記憶がなくなっていたら、そしたら自分がだれだかわからなくなるよね。それまでの人生のなにもかもがうしなわれるだろ。そしたらもうその人は、それまでの自分とはいえなくなるよ。よくわかんないけど、そんな気がする」

というと、粒山はいつになく真剣な表情で、

「なるほど。記憶こそがその人のよりどころというわけですか。一理ありますね。たしかに朝おきたときに、となりに寝ているこいつだれだったっけってなったときはめ

ちゃくちゃ混乱しますもんね」

「そういうつもりでいったわけじゃないんだけどね」

「あ、待てよ。でも、もしぼくが動物のうさぎと入れ替わったらどうなっちゃうんでしょう。ぼくの魂はどこへいくんでしょうね。うさぎそのものになっちゃうのでしょうか。おっと、これじゃなんだかうみみずさんの魂がぼくに憑依(ひょうい)してしまったみたいだ」

　といって粒山はわらった。往本も疲れた笑みを浮かべて、てきとうに受け流した。

ふと粒山は皿にのこった鮭(さけ)の皮に目を落としていった。

「それ食べてもいいですか」

いいよと皿を差しだす往本。

「ぼく、鮭の皮が大好きなんです。髪の毛の養分になるっていいますから」

いただきますと粒山は皮をつまんで口に入れた。そんなことより粒山にいいたいことがあったのを往本はおもいだした。

「昨日、奥さんがたずねてきたよ」

いうべきかどうか迷ったが、とりあえずいっておいたほうがよさそうな気がした。

もちろん誘惑されたことについてはいうつもりはなかった。だが粒山は不思議そうな

顔をして、

「だれのです」

「きみのだよ」

「ぼく独身なんですけど」

と冗談でもいわれたみたいにふっとわらった。そんなはずはないとおもったが、粒山のようすはあまりに自然で、嘘をついているようにはみえなかった。

「結婚してないの。わりと美人だったけど」

「ほんとですか。なんだかそれちょっとうれしいなあ。なんなんでしょう、この感覚」

「離婚した？」

「まさか。結婚もしてないのに離婚なんてできるわけないじゃないですか」

「内縁とか。事実婚とか。子どもとかいなかった？」

粒山は無邪気にわらい、

「ぼくに子どもがいるようにみえます？」

往本は返答にこまった。正直なところ、三人ぐらいいてもおかしくはないようにもみえたが、それをいうと自称同い年という本人の主張を否定することになってしまいそうだ。粒山の薬指に指輪は見あたらない。

「その美人さんが往本くんのところにたずねてきたんですか。なんていう人ですか」

「ナシエさん。きいたことない?」

「知りあいにそんなかたはいませんね。あってみたいなあ」

と粒山はいった。彼女がいっていたことをきいたら、とてもそんな気にはなれないだろうと往本はおもった。粒山は、

「携帯の番号とかきかなかったんですか?」

「おれ携帯もってないし」

「そうでしたっけ。でも番号ぐらいきいておいてくれたら、ぼくが電話してみたのに」

「夫婦ならそんなの知ってるとおもったから」

粒山はみたことのない妻の姿をおもいうかべるような視線を遠くに投げていた。それならあれはなんだったのだろう。彼女はだれなのだ。往本はあたまのなかが疑問でいっぱいになった。夢だったということはありえない。タバスコのつまった一升瓶が部屋の台所にある。そんなもの自分で用意するはずがない。

＊

翌日、緊急朝礼が招集された。旧作業棟一階の講堂にあつまる従業員たち。エアコンががんがん効いているのに往本は気づいた。いつもより涼しい。

「節約はどうしたんだろうね」

となりに座った粒山にいうと、

「大勢あつまると暑くなりますからね、あらかじめさげておいたんじゃないですか」

「てことは、話が長くなるのか。めんどくさいな」

などといっていると、きゅうにざわめき声が波のようにひいていった。偉い人が来たのかと往本がふりかえると、両開きの扉から副工場長がはいってくるのが見えた。その後ろについてきたものの姿に、従業員はざわめきを取りもどした。クマだった。シロクマ。ホッキョクグマ。そいつが後ろ足で立ちあがったまま、すたすたと副工場長のあとを歩いてきた。副工場長は平然とした顔でシロクマを講堂の前まで案内した。シロクマが手になにか持っているのがみえたが、距離がはなれていてなんなのか往本にはわからなかった。

「あれって、往本くんがみたっていうシロクマですか？」

粒山が往本の耳元でたずねた。

「たぶんそうだとおもう」

とはいうもののシロクマの個体の見分けなどつかない。釣った魚に名前をつけておぼえている粒山とはちがうのだ。

シロクマは講堂のまえまで行くと壇上にならべられたイスに腰をおろした。みんなの視線はシロクマに釘付けだ。イスはとてもちいさくみえ、いまにもつぶれそうだった。シロクマが手にしていたのは、小ぶりのガラスの器だった。器にはかき氷が盛られていた。シロクマはときどき匙ですくっては氷を口にして満足そうな表情を浮かべた。

副工場長が壇に立ち、従業員たちにシロクマを紹介した。副工場長は作業用のヘルメットをかぶっていた。彼のいうところによれば、そのシロクマが新しく品質管理部の部長に就任するとのことだった。紹介をうけるとシロクマはイスから立ちあがり、ゆっくりと壇へ向かった。誰もが固唾をのんで見守っていた。張り詰めた静寂のなか、シロクマはあいさつをした。

「アール！」

ただひとこと。それだけだった。そうしてシロクマはイスにもどって座り直した。匙ですくったかき氷を食べる。わかったようなわからないような、どちらともいえない雰囲気があとにのこった。

「往本くんの部長って仕事辞めちゃったんですか」

と粒山にたずねられたが、

「そんな話はきいてないけど」

としか往本にはこたえようがなかった。たしかに工場長は品質管理部の人手を増やすといっていた。それに部長など元からいなかったのだなどと妙に謎めいたこともいっていた。しかしそれが新しい部長をいれるという意味だったとは。しかもシロクマだ。どういうつもりなのだろう。増員は二足歩行のシロクマの正体を調査するにあたって、その人手不足を補うためのものだったはずだ。それにシロクマはスパイだから、みつけしだい始末しろと工場長はいっていたのだ。往本は粒山にきいた。

「工場長はどうしたんだろう」

「さあ。休みですかね」

副工場長から、前任の部長についての言及はなかった。工場長の不在についても説明はない。集会のあいだじゅうずっと、往本はシロクマに目をつけられているようなかんじがした。

「なんだか見られているような気がするんだけど」

と粒山にいうと、

「おなじ部署だからじゃないですか」

「でもおれが品質管理部だってことはまだ知らないんじゃないかな」

「名簿を見たのかもしれませんよ。ていうか、ぼくにはシロクマがこっちをむいているようにはみえませんけどね。なにをみているのかなんてわかりませんよ」

「やっぱりほんもののシロクマなのかな」

「なかに人がはいっているんでしょう」

「目の動きとか、かなりほんものっぽいけど。どうもレプリカとはおもえないよ。こっちは毎日検査してるからそれくらいわかる」

「ほんもののシロクマがあんな器用にかき氷を食べるわけがないじゃないですか。スプーンなんか使って」

けっきょく、シロクマはあたりまえのように姿をあらわして、あたりまえのように紹介され、あたりまえのように部長としてはたらくことになった。従業員たちもそのことをあたりまえみたいに受け入れていた。

往本にはわからなかった。これはごくありふれたことなのか。絶滅したときいた気もするし、優先的に保護された結果、そこらじゅうに適応したときいた気もする。それ以前にシロクマがこんなふうに工場に入社するものなのか。シロクマが人間みたいに歩いて、人間みたいにかき氷を食べるなんておかしいだろう。それでもみんなはレプリカだとおもっているのだろうか。

＊

往本は工場別棟へと足を運んだ。工場長を探しに来たのだ。なにがどうなっているのか、直接たずねてみるほかないとおもった。別棟の古い木造の急階段をのぼり、つきあたりのドアをノックした。返事はなかった。だれかにあとをつけられなかったかと階下をのぞきこみ、用心しながらふたたびノックする。

何度かドアを叩いたものの、いっこうに返事はない。やはり欠勤しているのだろうか。ためしにドアノブをまわしてみた。鍵はかかっていなかった。どうしたものか迷ったが、

「失礼します」

といってドアをあけた。窓からさしこむ光のなかに舞うほこり。海底を泳ぐプランクトンのようにみえた。工場長は机にうつぶせになって死んでいた。喉をかききり、大量に出血していた。粘着質の泥のような血が机の端から滴り落ち、床に血だまりをつくっていた。

赤い血だ。動脈血。

「床屋さんみたいだろう?」

という工場長の声が頭のなかに木霊した。

背筋にぞっと戦慄が走った。ひざがふるえた。喉の奥に握りこぶしほどの異物がつまっているような感覚がした。寒気をかんじながらも、なんとかしなければとおもい、工場長のそばへふらふらとかけよった。

「だいじょうぶですか?」

むろん、返事はない。工場長の横顔はこれまでにないくらい青かった。完全に死人のそれだった。手には太くてがっしりとしたナイフが握られていた。

自分で自分の首を切ったのだろうか。でもなぜ。まともにかんがえる余裕などなかった。どす黒い切り口。往本は目を背けた。一秒とみてはいられない。痕跡が頭の裏にこびりつく。荒々しい傷跡。死のにおいが充満していた。

人を呼ぼう。ひとりで対処できるわけがない。だが、だれに頼ればいいのか。警察だろうか。いや、救急車がさきだ。とっくに死んでいるのはわかっていたが、もしかしたらそうみえるだけかもしれない。まだ助かる見込みはゼロではないのかもしれない。脈をたしかめるにしても、触れることができなかった。

「死人は坐らない。坐るというのは生きているものがすることだ」

詩人かだれかがそんなことをいっていたのをどこかできいた気がする。

往本は壁に取りつけられたダイヤル式の黒電話のまえへいき、受話器をあげた。救急車、それから警察だ。震える手でダイヤルを回した。そこへ部屋のドアがあいた。ふりかえると、大きな体をしたシロクマが身をかがめるようにしてはいってきた。手にはソーダの瓶が握りしめられている。

いやな予感がした。

「アール！」

とシロクマは吠え、ソーダの瓶でよこざまに往本のあたまをなぐった。目の前が銀色になった。受話器を取り落とし、壁に体を叩きつけられた。建物全体が大きくゆれた。シロクマは瓶を投げすてると、黒電話をつかみ壁から引きはがした。電気的な火花が散った。シロクマは電話を床にたたき落とした。機械的なベルの音がはじけて、ダイヤルとバネがとんだ。

壁ぎわに横たわる往本の目の前に、工場長が栽培していた鉢植えがあった。鉢植えにはサボテンの花が咲いていた。放射状に咲いた白い花。痛みをこらえながら、部屋から逃げようとからだをひきずると、シロクマがうなり声をあげて腹を蹴りあげた。往本は吐き気におそわれうずくまる。シロクマがゆさりと上にかがみこんできた。そして往本を両腕で抱えあげた。視界がさかさまになった。

シロクマはそのまま往本をふりまわして、窓めがけてほうり投げた。往本はなんの抵抗もできず、窓ガラスをつきやぶり、宙に投げだされた。三階の空だ。きらきらと陽光を白く反射させるガラスの破片たち。灰色の物体が自分の体をすりぬけていくのをかんじた。周囲に見えるなにもかもが背後に崩れ落ち、工場の敷地めがけて体が上昇していった。足もとにはまっ青な空が地平線のかなたまでひろがっていた。太陽がまぶしく破裂した。そしてなにもみえなくなった。

＊

ああそうか。ドッペルゲンガーをみたから死ぬのか。とおもいながら往本は工場別棟わきにあるゴミ捨て場にひっくりかえっている自分に気づいた。廃品のビニールや発泡スチロール、梱包材などの山に頭をつっこんでいた。空は青く、別棟の古い外壁が背後にそびえていた。別棟は石の仏塔のようにもみえた。三階にある工場長室のガラス窓は破れている。堆く積もったゴミのおかげで命拾いしたらしい。

あちこちに鈍い痛みがあったが、三階から落ちたせいなのかシロクマにいたぶられたせいなのかはっきりしなかった。海の底に沈んでじっと息を止めていたような感覚が、胸のあたりに木霊していた。やっとのことで水面に浮かびあがってきたみたいな、あるいははじめて陸にあがった両生類にでもなったような気分だ。目の奥がずしんと重かった。

往本は這いつくばるようにして半身をおこし、あたりを見まわした。なんの変哲もなかった。あいかわらず自動工作機が金属を掘削している音がきこえている。いつもどおりだ。救急車の気配も騒然とした野次馬の姿もない。往本が空から落下したことなど、だれも気づいていない。

しだいにからだの感覚がもどってきた。ねんのため医者に診てもらいたい気もしたが、工場には産業医もいない。それならさっさと帰宅して病院へ行こうとおもった。それにしてもあのシロクマはなんだ。なぜあんなに怒り狂っていたのだ。というか工場長はどうなってしまったのだろう。往本はそのふたつを結びつけ、シロクマが工場長を殺したのではないだろうかという疑念をいだいた。でなければ、あの状況でシロクマが来て、自分を窓から投げ落とすわけがない。

たいへんなことがおきている。

それを知っているのは自分だけだ。どうしたものかと往本はかんがえた。シロクマは工場長がいっていたとおり、スパイなのかもしれない。工場長はそれを疑ったために殺された。シロクマは大胆にも社員として工場に潜りこんできた。正体を知っていたのは工場長だけ。だから始末されたのだ。しかしなぜこんな工場にスパイに入る必要があるのか。そこがさっぱりわからなかった。とはいえ、事件はおきた。殺人だ。最悪の事態だ。警察に報せたほうがいい。

往本はようやく立ちあがることができた。手足が痺れていた。照りつける太陽。あたりはあまりに平穏すぎて拍子抜けするくらいだ。だれも工場長がどうなったかなんて知らないのだろう。シロクマに殺されたときいたら、みんなどんな顔をするだろうか。

「シロクマがそんな乱暴するわけないじゃん」

＊

とうみみずはあきれた顔でいった。空の台車を押して資材部にもどる途中の彼女をみつけた往本は、痛む体を無理にうごかし、どうにか呼びとめることができた。ふたりは人通りの少ない品質管理室前の廊下で立ち話をしていた。ブラインドはなかからおろされている。廊下の蛍光灯は切れかかっていて、時折ちらちらと点滅した。

「でも実際みたんだ」

「それはないね。社内放送きいてなかったの。工場長は長期の休暇を取るって」

「気をうしなってたから聞きのがしたのかも。ていうか、だれがいってたの」

「副工場長。しばらく代理を務めるんだってさ」

「あの人もあやしいよな。シロクマとぐるの可能性がある」

「なんで動物を疑うわけ。それって差別じゃん」

「いや、動物だから疑ってるわけじゃないよ」

「どうだかね」

とそこへ作業棟の裏側の通用口をぬけて成型部の作業員がはいってきた。往本はいいかけた言葉を喉の奥に飲みこんだ。通行の邪魔にならないように台車をどかして、てきとうにあいさつするうみみず。しかしその作業員はなにもいわずにとおりすぎていった。うみみずはその後ろ姿に舌打ちした。

「あいさつしないなら目をあわせるなよ」

作業員が去っていくのを確認してから往本は、

「でもやつは危険だ。なにをするかわからないんだ」

「人の顔じろじろ見といて、けっきょく無視するとかむかつかない？」

「そんなことより大事な話をしてるんだけど」

うみみずは台車に片足をのせ、往本に向き直っていった。

「なんかさ、さっきから話に無理がありすぎだよね。そもそもそのシロクマって部長でしょ。往本の上司なわけだよね。なんで初日から問答無用でいきなり部下をぼこぼこにする必要があるの。しかも窓からほうり投げたとか。わけわかんない。ふつうひとことあいさつして、仕事の話するでしょ」

「そもそもっていう話なら、シロクマが部長として就任すること自体がへんじゃん」

「それ種族差別」

「だってふつうじゃないだろ」

「まあ数は少ないけど。社会進出するシロクマはいくらでもいるよ。イメージアップの広報的な仕事が多いけど、実用面でも積極的に採用がすすめられてるっていうし」

「そんなのきいたことない」

「あたまうったんだね」

「でもうみみずさんだって、後ろ足で立って歩くシロクマなんていないっていってなかったっけ」

「いないとはいってないよ。遺伝子を改変していかにもつくりそうだとはいったけど。それにかんしてはすごいむかつく。でもつくられたシロクマにはなんの罪もないし。むしろ被害者だよね。シロクマの尊厳を踏みにじってるよ」

「それはそれとして、だからといってすべてのシロクマが温厚な性質とはかぎらないだろ。それに、まだ本物のシロクマだと決まったわけでもない。場合によってはレプリカのなかに人がはいっているのかもしれないし」

「そんなレプリカつくってないじゃん」

「ここではつくってないけど、どこかよそでつくってるかも。だってほら。ここでつくられているのは、いってみればプレタポルテだ。もしかしたらあのシロクマは工場ではなくて、職人の手によるオートクチュールかもしれないだろ」

「そんなのだれが買うの。バカみたいに金がかかるよ」

「スパイだよ。ここに潜りこむために用意したんだ」

いってから、しまったと往本はおもった。こんなことを無闇にいいふらせば、話をきいたうみみずまであぶない目にあう恐れがある。往本は廊下に視線を走らせた。人の気配はない。

「ものすごく説得力ないね」とうみみずはいった。「で、そのスパイのシロクマに三階から投げ落とされたっていうんだ。バカな映画のみすぎじゃないの。あの高さから落ちて無事なわけがないじゃん」

「それは運がよかったとおもう」

あっそうとてきとうに相づちして、うみみずはその場で台車を前後にゆらしながら、

「オスなのかな、それともメスなのかな」

といった。往本はそういわれてはじめて気づいた。

「なぜかすっかりオスだとおもってた」

ほんものかどうかはともかく、性別的には男だとばかりおもっていた。

「やっぱ偏見だね」

なんだかちっとも話を信じてもらえなかった。ふたことめには「動物をバカにするな」だ。動物が絡むと、うみみずとまともに話をするのは無理だった。往本は前後にゆれる台車に目を落としながら、ため息をついた。

「そうはいうけどさ。植物はどうなの。人間も動物も生物だろ。植物だっておなじだ。それなら植物にだって意識や魂はあるんじゃないかな。そうだよね。工場長の部屋にサボテンの花が咲いてた。意識があるなら、あのサボテンに証言してもらいたい気分だよ」

なかばやけくそにも似た反論だった。うみみずは台車を止め、

「植物なんか知らないよ。興味ないし。まあしゃべれるんなら証言してくれるんじゃない。がんばってみたら」

往本はがっくりとうなだれた。

そのとき、くだんのシロクマが背後に近づいてきていたのに気づかなかった。シロクマは生肉を食いながら口のまわりをまっ赤に染めていた。ふたりが気配を感じてふりむくと、なにをおもったか、でかい肉をぼたりと床にすて、手近にあったモップの柄をへし折った。そして白いこぶしを壁に叩きつけ、ぽっかりと穴をあけるシロクマ。天井に向かって咆哮した。

「あきゅう！」

といって、うみみずは鼻水を垂らし生肉のうえにぶっ倒れた。

「うみみずさん！」

往本は叫んだ。壁の振動が天井に伝わり、切れかけていた蛍光灯がシロクマの頭に落下した。上を見あげていたシロクマの顔に蛍光灯の破片が降りそそぎ、今度は痛々しい鳴き声をあげた。そして目をきつくとじ顔をうつむけると、闇雲に往本を突き飛ばして廊下から外へ出ていった。

尻もちをつき、その白い背中を見送る。シロクマは肩をゆらして、まぶしい太陽の下に姿を消した。往本ははっとして、うみみずを見た。うみみずは気絶していた。がっくりと首をかたむけ、口を半開き。よだれと鼻水を流していた。うみみずの作業服が生肉の血でまっ赤に汚れていた。往本はあせったが、それ以上に彼女が小便をもらしているのに気づき驚いた。たおれた尻のあたりに水たまりが広がっている。スカートはぬれてぐっしょりとしていた。

「どうしよう」

往本は廊下の前後を見渡したが、ほかに人影はない。成型機の稼働音が響くばかりで、騒ぎに気づいたものはいないようだ。遠慮がちにうみみずの肩をかかえて呼びかけてみたが反応はない。手首を握ると脈はあり、呼吸している音もきこえた。顔色も悪くはない。怪我もしていないようだ。静かな場所で休ませてあげれば回復しそうではある。

医者はともかく警察に通報しなければと往本はおもった。シロクマにやられたのだ。自分だってシロクマに殺されかけた。運が悪ければ今頃とっくに死んでいただろう。それに現に工場長が死んでいるのだ。シロクマが犯人かどうかは定かではないが、事件であることに変わりはない。

だが、そのまえにうみみずをなんとかしてあげなければ。このままほうっておくわけにはいかない。だれも気づかなかったのは不幸なのか幸いなのか。廊下で小便をもらして意識をうしなっているのをみんなにみられたら、やりきれないものがあるだろう。もしかしたら仕事を辞めてしまうかもしれない。その点では、ほかのひとにみつからなくてよかったかもしれない。安心して休める場所へ運んであげたほうがいい。

うみみずの体を抱え、台車にのせた。手足がだらりとはみだしているがしかたがない。運搬に支障がなければ問題ない。いまの往本のぼろぼろの体では、自力で抱きかかえるのは無理だ。

台車にのせたうみみずを往本はゆっくりと押した。床にはシロクマに食いちぎられた生肉と蛍光灯のこまかい破片、それからうみみずの小便のあとがのこっていた。動物は小便のにおいで性別、年齢、健康状態、なにを食べていたのかがわかる。それどころか、そのときの心理状態までもが判別できると以前うみみずはいっていた。

どこへいくか迷ったあげく、資材部へ運ぶことにした。作業棟の裏手をぬけて、第一作業棟へむかう。うみみずは四肢をだらりとさせ、台車のうごきにあわせて体をゆらしていた。まるで死体を運んでいるみたいな気分だ。そこらへんにシロクマがいやしないかと、往本は用心した。がらんとした敷地が広がるばかりでだれもいない。

敷地はコンクリートで舗装されていて、白くまぶしかった。あちこちに雑草でできたひびがはいっている。うみみずに振動が響かないよう、段差に注意しながらゆっくりと台車を押した。

第一作業棟の裏口をはいってすぐのところに資材部はある。台車をとめて窓からそっとのぞきこむと、シロクマが床を這うようにして救急箱を漁っているのが目にはいった。ガラスの破片が顔に刺さったのだろう。気づかれたらまた襲われるかもしれない。こんなところでゆっくり休めるわけがなかった。

往本は音をたてないように気をつけ、静かに引き返した。やはりあれはほんもののシロクマなのだろうか。なかに人がはいっているのなら、蛍光灯のガラスなどなんてことないはずだ。それにあの大きな生肉。あんなものを人が食べるわけがない。食べるふりをしていたとしても、そんなことをする理由がない。

ふたたび工場の裏手にでた。敷地を取り囲む塀の際に資材倉庫がある。あそこならあまり人が来ないし、広いスペースがある。なかは涼しく、気絶した人を休ませるには最適だとおもった。台車を押してうみみずを運んだ。いつだったか、居眠りをしている資材部長をキャスター付きのイスでうみみずが運んでいた光景をおもいだした。

作業棟と資材倉庫をむすぶ直線上のまんなかまで来て、往本は足をとめた。太陽がじりじりと熱く、白いコンクリートの照りかえしがきつい。額から流れる汗が目にはいった。日射しに照らされたうみみずも汗ばんでいるようにみえた。生肉の血が付着した彼女の作業服が、まがまがしく不吉な感じがした。

「資材倉庫はあぶない」

急に往本はおもった。あそこには地下へ降りる通路が隠されている。自分はそこで、なにものかになぐられたのだ。相手がだれだったのかはわからない。不用意に近づかないほうがいい。おなじ倉庫なら、出荷倉庫のほうが安全そうだ。往本は台車の進路を変更して、出荷倉庫へ向かった。

その日はひときわ暑かった。コンクリートから陽炎が立ちのぼっていた。汗がだらだらと流れた。

　出荷倉庫は資材倉庫とおなじく敷地の裏手にあるのだが、がらんとして愛想のないコンクリートのせいか、実際よりも遠いかんじがした。こうしてえんえんと垂直に見おろす太陽の下をうみみずをのせた台車を押して、どこまでも運びつづけるのかという錯覚に襲われた。山頂に押し上げては、あと一歩というところで転げ落ちていく岩。そんな労苦を未来永劫にくりかえすシシュフォスのような気分だった。その話をきかせてくれたのは、うみみずではなかったか。暑さと痛みでぼんやりとしたあたまで往本はそんなことをおもった。賽の河原で石を積み上げては鬼に崩されるのなら、いつかは菩薩が助けにきてくれるというかすかな希望ものこされてはいるのだが、シシュフォスにそんなみこみはない。シシュフォスはいまでも岩を押し上げているのだろうか。しかしかんがえてみれば、自分たちが毎日していることだってシシュフォスとなにもかわりがない。工場でえんえんと続く作業。なにも工場ばかりではない。日々の生活。いつか終わるのは確実だが、人はそれを実感しない。なにかが起きたときにはじめて終わりを予感するだけで、すぐに忘却し、日々の営みの底に意識を沈殿させていく。山頂にたどり着けないという点ではどれもおなじだ。どこまでいっても満足させてはもらえないのだから山頂は無限の彼方だ。突発的な出来事でその生命に終止符が打たれるときまで無自覚にくりかえすばかり。

いつしか往本は工場別棟の狭い階段を台車を押してあがっていた。うみみずの手足は台車のうえからだらしなくこぼれ、階段の段差や左右の壁にぶつかったり、ひっかかったりして、おもうようにすすむのはむずかしかった。それでも台車のグリップを握りしめ、強引に押し上げる往本。大粒の汗がぼとぼとと音をたてて階段の板に落ち、いくつもの染みをつくった。うみみずの体はあっちへ曲がりこっちへ曲がり、台車のうえで器用に何度もひっくりかえった。よだれと鼻水を垂らし、なすがままの状態だった。まぶたはひっくりかえるたびにとじたりひらいたりしている。階段のつきあたりは工場長室ではなく、出荷倉庫だった。三階に移転したのだ。うみみずを助けるためには、なんとしてでも三階にたどりつかなければいけなかった。あちこちにからだをぶつけながらも、ようやくあと一歩で扉にたどりつくというところで、階段のてっぺんにシロクマが立ちふさがり、サイダーの瓶で往本の横っ面をちからまかせに殴りつけた。往本は打撃にふらつき、足場を失い、あおむけに転落する。せまくて急な階段は、ほぼ垂直に落下するのとおなじだ。段差という障害物があるだけ、ほうぼうに体を打ちつけ、かえってひどい。台車は音をたてて滑り落ち、うみみずは四肢をこんがらがらせて階段を転げ落ちる。自律的な意識の存在しないぬけがらのような彼女の体は、ばらばらになりそうだった。関節が通常の人間ではありえない方向に曲がった。彼女は小便をまきちらしながら、せまい階段の壁をぬらして、ジャクソン・ポロックのアクションペインティングのような抽象画を描いた。往本は階段の底で台車とうみみずとうみみずのよだれと小便にまみれながら、痛む体でおきあがる。どうしても三階までうみみずを運ばなければいけない。そうしなければ、彼女は死んでしまう。往本は取り憑かれたように、また階段をのぼりはじめる。奇妙にねじ曲がったうみみずのからだを台車にのせて。うみみずは血まみれだった。生肉の血なのか、うみみずの血なのか、もう区別がつかなかった。作業服は汚れ、体中が血だらけだ。スカートもパンツも血と小便でびっしょりになっていた。うみみずの血しぶきが不規則にはね、往本の目や口にはいる。台車を押すので両手をふさがれ、ぬぐうこともできない。手をはなせば、また下まで真っ逆さまだ。それでも階段をのぼりきるとシロクマは容赦なく瓶で往本を打ちつけて、一番下までつきおとす。そんなことが何度も何度も際限なくくりかえされた。うみみずは全身を曲芸のように折り曲げて、サーカスのフリークショーでも見られないほどの格好でうつろな表情を浮かべていた。肘や膝がちぐはぐになっている。手首も足首も極端にねじれて人形のようだ。体と首が正反対を向いている。階段板と左右の壁、台車、瓶、シロクマ、そして往本も、血と汗と小便の海にまみれていた。それとコーヒー牛乳。狭苦しく異様に湿度が高い密閉空間に、あらゆるにおいが充満していた。そのうちうみみずの四肢は本人の意志とは無関係にうごきだし、手足をばらばらに取り外したり、不気味ににやついた首を持ちあげたり、血を吹き出しながらスカートをめくりあげたりした。生首は金切り声をあげていた。うみみずは工場長が握りしめていたナイフで自らの体を切り開く。往本は充満するうみみずのなかにおぼれながら、何度も彼女をてっぺんまで運ぼうとするのだった。

*

ふいに異物のような影が飛びこんできてぎょっとした。視界が反転し、白い光が目の奥に突き刺さった。往本は工場裏のコンクリートの敷地でうみみずをのせた台車を押していた。うみみずはおだやかな表情で眠っているようにみえた。

「どうしたんですか、往本くん」

目の前には粒山がいた。被毛部に届けられるはずの資材がこなかったので、自分で取りに来たのだった。往本は幻覚からさめ、あっけにとられるとともに、安堵(あんど)のため息をもらした。冥府(めいふ)から無事にもどってこられたとおもった。全身が汗でびっしょりになっていた。

「顔色が悪いですね。だいじょうぶですか」

心配そうに往本をのぞきこむ粒山。それから台車にのせられたうみみずを見て驚いた。

「血が出てるじゃないですか。なにかあったんですか」

「シロクマ。いきなり暴れ出して。それで失神した」

「怪我してるんですか」

「これは生肉の血だよ。シロクマが食ってたんだ」

「なんの肉です？」

「家畜じゃないかな。牛とか豚とか。とりあえず安全な場所でうみみずさんを休ませようとおもったんだけど」

粒山の手を借りて、うみみずを出荷倉庫まで運んだ。出荷倉庫は人気がなく、茶色のパッケージで梱包された完成品のレプリカがずらりとならんでいる。表面には「株式会社トーヨー」というロゴがはいっており、製品識別番号のついたラベルが貼られてある。その倉庫の奥に簡易マットを敷いて、うみみずを横たえた。さいわい呼吸も脈も安定していた。

それから往本はシロクマの件を粒山に話した。廊下で暴れたこと。往本を三階から投げ落としたこと。工場長が死んでいたこと。

「工場長は休暇だっていってましたけど」

「だれかが意図的に隠してるんだよ、きっと」

そうですかねえと粒山はあまり信じていないようすだった。

「ていうかあんな高いところから落ちて、よく生きてましたね。なにか悪い夢でも見たんじゃないですか。ちょっとありえないですよね」

うみみずにもおなじことをいわれた。きっとだれだっておなじことをいうに決まってる。

「でも生きてたんだからしかたないじゃないか」

なかば開き直るように往本はこたえた。

「そもそも往本くんは、あれがほんもののシロクマだとおもってるんですか」

「たぶんほんものだとおもうけど。蛍光灯の破片が顔に刺さって痛そうにしてたし。レプリカだったら、痛くもなんともないはずだろ」

「のぞき穴から破片がなかにはいったんじゃないですかね」

たしかにその可能性はある。

「でも生肉を食べる理由がないじゃないか」

「朝礼のときはかき氷を食べてましたよ。ペンギン味のシロップでもかけてたんでしょうか」

という粒山の発想がよくわからなかったが、

「どっちかっていうとアザラシ味だろ」

図鑑によれば北極にペンギンはいない。

「だけどぼくの遠い記憶では、キャットフードっていうやつに、マグロ味とかビーフ味とかがあった気がするんですよね。だからって野生の猫が、大海を泳ぐマグロやバッファローを襲ったなんて記録はないですよね。それと似たようなものなんじゃないですか。肉だったらなんだっていいんですよ」

「ていうか、そういう問題じゃないよね。生肉を食べてたっていうのがポイントだとおもうんだけど」

「いずれにせよ演技でしょうね。目くらましですよ。だって相手はスパイなんですから、それくらいのことはしますよ」

往本は首をかしげた。一連の騒動の話はしたが、産業スパイについてはいっていない。なぜ粒山はそれを知っているのだろう。不可解だ。もしかしたら粒山もスパイの一味なのではないかという疑念がにわかに浮上してきた。

「それ、だれからきいたの」

「鮭パーティーのとき往本くんがいってたじゃありませんか」

「そうだっけ」

と往本は口をつぐんだ。なんでそんな嘘をつくのだろう。もし粒山がスパイなら、こんなわかりきった嘘をいうわけがない。もっとうまいことをいってごまかすはずだ。だってパーティーには出ていないのだ。それくらいおぼえている。それとも自分はそんな記憶さえも曖昧になっているのだろうか。トラックにはねられて以来、あたまがおかしくなっているのか。自覚はまるでない。でも自覚がないからといって正常であるという保証はない。ほんとうに気が変になってしまったのなら、自分がまともじゃないことにすら気づかないのだ。どこかで「落し穴」にはまってしまったのか。トラック事故以降のことだろうか、それとも深夜にシロクマを目撃してからだろうか。それから往本の脳裡にドッペルゲンガーの姿が浮かんだ。もしかしたらあいつがパーティーに出たのかもしれない。ずっと前から存在してて、こっちが知らないうちにいろんな人と会っていたのかもしれない。そういえば粒山だけではなくほかの人も、こっちの記憶にないことをいっていたことがある。あれは全部、分身の仕業だったのではないだろうか。

「だいじょうぶですか」

粒山が心配そうな顔をしていた。往本はいまおきていることに、どう対処していいのかわからなかった。シロクマがなんなのか。ドッペルゲンガーがなんなのかわからなかった。手を打たなければいけないのはわかってはいたが。

「とにかく警察に通報したほうがよさそうですね」

と粒山はいった。往本はうなずきマットに横たわるうみみずに目を落とした。静かに眠っているようだ。

「携帯あります?」

粒山が往本にたずねた。

「なにが」

「携帯電話です」

「ないよ」

まえにもきかれたはずだけどなと往本はおもった。粒山はあたまをかきながら、

「そうですか。ぼくも被毛部に置いてきちゃったんですよね」

「そうじゃなくて。もともともってないんだけど」

「え、そうでしたっけ。じゃあどうしましょう。品質管理部に固定の電話ありましたよね」

「内線しかつながらないよ」

「そうなんですか」

「全部そうじゃん。作業棟では電話もネットも禁止されてるだろ。携帯は制限付きでつかえるみたいだけど人目があるしね。それ以外は基本的にだめ」

「この工場がですか？」

粒山はぽかんとした表情を見せた。

「いや、日本で。生産性を重視するスポットでの通信は制限されてるだろ。作業進度を著しく阻害するからっていう理由で。もちろん機密保持とかセキュリティ上の理由もあるけど、仕事を口実にネットで暇つぶしされたらたまらないからね。とくに工場労働者なんかは使用料取られるのがバカらしくなるくらいだからネット関係は全部棄てたひとが多いよね。おかげでパソコンはリバーシやソリティアをする遺物に逆戻り」

そんなことも知らないのかと往本はおもった。

「資材部はどうです。ものを仕入れるのに通信が必要なはずですが」

「ないよ。定期便が決まってるし、工程表で割り出されたぶんだけ自動搬入されるだけだから」

でなければうみみずが五目並べや大量の読書でひまをつぶしているわけがなかった。けっきょくふたりは被毛部まで粒山の携帯を取りにいくことにした。今日は出荷予定もないから、倉庫にひとが来る心配はない。うみみずもじきに目をさまして、かってに仕事にもどるかもしれない。シロクマもあれだけ痛い目にあえば、しばらくは懲りているにちがいないと往本はかんがえた。

＊

ふたりは工場長室へむかっていた。被毛部からもってきた携帯電話は通じなかった。昼前の閑散とした社員食堂であれこれ試しながら、おかしいですねと粒山はいった。

「いつもはつかえるんですけど。だってほら、女の子たちからよく連絡きてましたから」

奥の調理場だけがいそがしそうに食器の音をたて、いつもの鮭のにおいが漂っていた。

「どこにもつながりません」

　おかしい。なにか異常がおきている。粒山もようやく認めた。それでとりあえず工場長をたしかめにいこうということになった。

「あそこの電話はどうです。黒電話で、作業棟にあるのとはちがいますよね。外部につながるんじゃないですか」

「あれはシロクマに壊されたよ」

　と往本はこたえた。

「でも別棟ならなにか通信手段がありそうですけど」

　もう一度工場長の死体をみるのは気がすすまなかったが、粒山にも目撃者になってもらえば警察に話をするにも都合がいい。

　せまい階段を見あげたとき、うみみずのぞっとする姿が脳裡に浮かんだ。あれは白昼夢だったのだ。暑さと疲労にやられてあたまがぼうっとしていたのだ。そのイメージをふりはらうようにして気を取りなおし、ゆっくりと階段をあがった。

　かすかにコーヒー牛乳のようなにおいをかんじた。気のせいだろう。シロクマの姿はない。血の跡もない。うみみずの血はもちろん、工場長の血痕が付着しているようすもない。工場長の死体は、まだそこにあるのだ。

粒山が先にたちドアをあけた。往本はあの惨状が目の前にあらわれるのを覚悟した。だが死体はなかった。それどころか部屋は整然とかたづいていた。窓ガラスも割れていない。黒電話も静かに壁にかかっていた。無論工場長の死体もないし、シロクマが暴れた痕跡もない。

「おかしいな」

往本は工場長の机に歩みよったが、血のあとひとつ見あたらない。床もきれいだ。部屋のなかを見まわしてみても、なんの異変もなかった。整理が行き届いており、休暇をとったというのが、いかにもほんとうらしかった。

「なにもないじゃないですか」

と粒山がいった。

「たしかに見たはずなんだけどな」

往本は腑に落ちなかった。

「勘違いだったんじゃないですか」

「どうやったらそんな勘違いができるんだよ。工場長が死んだのを隠すために、だれかが掃除したんだよ。なんの跡形もなく。そうして社員には休暇をとったと見せかけておいて、証拠を隠滅したつもりなんだ。それに通信網が完全に遮断されてることだっておかしいだろ」

「でも、だれがそんなことを」

「スパイだろう。工場長がいち早く察知していたからね。だから始末されたんだ。最初は自殺に見せかけようとしたけど、第一発見者がおれだったのがまずかった。おれもスパイの話をきいていたし。どこからもれたのかはわからないけど、あやしまれるとおもったんじゃないかな。それで自殺から休暇に計画を変更したんだ」

「ということは往本くんも命を狙（ねら）われてるってことですか」

「だから窓から投げ落とされたんだろ」

「窓割れてないじゃないですか」

「新しいのに交換すればすむ話だ」

「え、じゃあぼくも狙われることになります？」

「なるかも」

「まいったな。ぼく、いろんな人にシロクマのことしゃべっちゃいましたよ」

「だれに」

「つきあってる女の子たちですよ。冗談めかしておもしろおかしく話してしまいました」

往本は少しかんがえるふうにして、

「もしかしたらそのなかにスパイの仲間がいたのかも」

「まさか。みんないい子ばかりですよ。そんなに危険な相手なら、むしろ彼女たちのことが心配です。あ、そういえばうみみずさんはどうです。彼女も知ってるんですか」

「知ってる。こまったな」

「ここで往本くんが目撃したことが正しいとすれば、とりあえず例のシロクマがいちばんあやしいということですよね」

「ほかにも仲間がいるかもしれないけど」

だれが仲間なのか、見当もつかなかった。副工場長はあやしいが、彼もだまされているだけかもしれない。作業員たちもたがいに無関心だ。まるで手がかりがない。

「これ手紙ですかね」

という粒山にふりかえると、机のうえに積み重ねられた書類の一番うえに茶封筒があった。宛先(あてさき)はなく、タイプライターのひらがなで「ひんしつかんりぶ」とだけ文字があった。

「品質管理部なら往本くん宛じゃないですか」

「なんだろう。仕事の指示書かな」

「見てみましょうよ」

「かってにあけたらまずいんじゃない」

「でもいずれにせよ工場長はいないわけですし。スパイとやらにみつかったら、これも処分されてしまうかもしれませんよ」

そういわれて往本はなかを見てみる気になった。大事なことが書かれてあるかもしれない。それなら見逃すわけにはいかない。あるいはもしかしたら、工場長の遺書、遺言のようなものという可能性もある。自殺でなくとも、自らに危険が迫っていることをかんじて、あらかじめしたためていたということもかんがえられた。もしそうなら内容によっては、警察へ通報する際に有力な証拠となる。

往本は机にあったペーパーナイフで封をあけた。折りたたまれた手紙はタイプライターで打たれていた。全文ひらがなだ。文字はインクリボンのせいか打鍵（だけん）のせいか、濃淡が不安定で全体にむらがあった。手紙は遺書ではなかった。なにかの指示書でもなかった。以下はひらがなで書かれた原文から推測して、漢字やカタカナを交えて再現したものだ。

＊

「ゴータマ・ブッダは霊魂や死後の世界の有無についてはいっさい語らなかった。いわゆる無記答というやつだ。まずそのことを知っておいてもらいたい。

いったい自我などというものが存在するのだろうか。あるいは実験室のハツカネズミに、どうして自我がないといえるのかといいかえてみてもいい。どうして人間には自我があって、動物にはないといえるのか。人間にあるのなら、動物にだってありそうなものだ。動物にないのなら、人間にもないだろう。

なぜ動物を外から観察しただけで自我がないと判断できるのか。観察力がないだけではないのか。わたしにはどうもそのあたりがあいまいだよ。

人間特有の行動といわれてきたもの——言葉を紡ぐ、物語を紡ぐ、道具を駆使する、未来への展望、計画性をもった行動、それのどこが特別なのだろう。そんなものでさえ自動的な反射作用にすぎないかもしれないじゃないか。そうでないとどうしていえるのか。たとえ動物がおなじことをしたとしても、自我など認めようとはしないのに。

これはひとつの傲慢だ。

なぜ人間が決めることができるのか。

たとえば他人については、どうだろう。どうしてそのひとの内側に入ってみたわけでもないのに、自分とおなじだと類推できるのか。もしかしたらまったくちがうかもしれない。自分に自我があるようにおもえるからといって、相手にも自我があるとなぜいえるのか。ほんとうはわからないはずだ。

自我が人間に固有のものだなどというのは、けっきょくのところ、かってな幻想にすぎない。

自我というのは、ただたんに見る側が存在するものと仮定しているだけ。相手に自我があると認めればあるものだし、ないと決めればないものだ。観察者だけが、その存在の有無を決定できる。真偽はすべてそのひと個人の決めつけだ。ちっとも科学じゃない。むしろ宗教に近い。宗教だよ。まさに新興宗教。いんちき宗教以外の何物でもない。心身二元論のルーツはそもそも宗教にある。なのにその自覚すらない。無意識のうちに自明のものだと信じているんだ。論理性のない恣意的な判断。ただそれだけのものにすぎないというのに。

なのにそいつはいたるところに顔を出す。あらゆるところにね。科学や哲学はおろか、芸術や娯楽にまでね。日常にもあふれ出して、人びとの概念を支配している。金儲けのために使われたりまでする。宗教だということに気づかせもせずにね。

極端にゆがんだ独我論者、唯我論者というのも、このあたりから発生してくる。つまり自我をもつのは自分ひとりだけで、他者は外界の事物、己の自我が生みだした現象にすぎないなどといってね。たいした想像力だ。その貧しさには、あわれみさえおぼえる。できることなら、わたしはかれらの背骨をへし折ってやりたいが、そうしないのは、かれらがわたしの自我の産物ではない確固たる存在だとわたしが仮定しているからだ。わたしが独我論者でないことで、独我論者は命拾いしているというわけさ。皮肉なものだ。

そんな認識のゆがんだ独我論者のなかでも、たったひとりだけ、やさしい独我論者にあったことがある。きわめてまれなタイプだ。唯一の例外といってもいいだろう。もしかしたら、脳の疾患だったのかもしれない。そのひとは『もし自分が死んだら、ほかのみんなも死んでしまう。この世界がすっかり消えてなくなってしまう』と恐怖していた。できることなら自分が死んでも世界がつづいていてほしいと願っていた。あの人やあの人やあの人に、もっと生きていてほしい、存在していてほしいと。わたしはこの人だけはなんだかゆるせる気持ちになったものだ。まあわたしにゆるすゆるさないの権利など、ないのだがね。

まったく自我なんていうのはろくなものじゃないよ――」

＊

なぜこれが品質管理部宛なのか。一連の出来事とどんな関係があるのか。往本はその意図を計りかねた。たしかに最後に工場長に会ったとき、かれは自我の話をした。それも工場長が一方的にしたのだ。あの話になにか深い意味があったともおもえない。それと同時になにか奇妙な感覚を覚えた。工場長がいう「自我」というのは、うみみずが批判していた「霊魂」というものと、どこか似ているような気がした。粒山は、

「まるで要領を得ませんね」

と率直な感想をのべた。

とりあえず壁にかかった黒電話から警察に電話してみたが、ここもつながらなかった。ほかの番号もだめだ。内線さえつながらない。完全に故障していた。どのみち部屋にはなんの痕跡もない。警察にまともに取り合ってもらえるかどうかも怪しいところだ。

ふたりは仕事にもどることにした。へたにあちこちさぐれば、姿の見えないスパイ

に目をつけられるかもしれない。なるべく目立たぬようにして、相手の出方をうかがったほうがいいということで意見が一致した。

「麻酔銃とかないですかね」

　と去り際に粒山がいった。

「そんなのあるわけないじゃん」

「ほんものの銃ならシベリア軍の兵士から横流ししてもらうこともできそうですが」

「物騒だな」

「相手がほんもののシロクマならまだしも、なかに人がはいっていたら、へたに撃てませんしね。やっぱり麻酔銃のほうがいいんですがね」

　意外と過激なことをいうなと往本はおもった。なにか行動をおこすなら、定時を過ぎてからのほうがよさそうだ。往本はうみみずがどうしているか気になり、出荷倉庫へようすを見にいってみた。うみみずは姿を消していた。マットはきれいに折りたたまれていた。きっと意識を取りもどして早退したのだろう。

*

その日はほかになにもおこらなかった。不審な動きも見られなかった。平常どおりに工場は稼働しつづけていた。シロクマが部長に就任したことなど、どうということもなかったようだ。シロクマの存在も、工場長の不在も、だれもいちいち気にとめるものはいない。朝礼のときだけ。みんなすぐに忘れる。なにもかも忘れる。どんなことがあっても、つぎからつぎへと忘れ去られる。

　シロクマは一度も品質管理部に姿を見せなかった。どこでなにをしているのかもわからなかった。定時の鐘が鳴ると、往本は仕事をきりあげ、粒山と工場をあとにした。作業はおくれていたが、そんなことはもうどうでもよかった。

　夕方の空はまだあかるさをのこしていた。工場を出て、さっそく警察に電話してみた。粒山の携帯電話はつながらなかった。工場敷地内の通信網の遮断が周辺にまで影響しているようだ。交差点の斜交(はすか)いにある黄緑色の公衆電話から、ようやく警察につながった。電話は地元の交番の巡査に転送された。工場長と巡査は友人だった。

「へんなことをいわないでくれ。工場長ならここにいるよ。これからいっしょに飲みにいくところだ。このところ疲れがたまっていたから、しばらく旅行にでてゆっくりするらしい。今日は壮行会だよ」

と巡査はいった。ほんとうですかと驚いた顔をする粒山。受話器をもったまま往本をふりむく。往本は粒山から受話器を取って、

「直接話がしたいんですが」

待ってくれという返事のあと、少し間があってから工場長が電話口にでた。

「なにかな」

工場長の声だ。往本はその声になにか違和感をかんじた。元気がなくてかすれているようにきこえた。しかし、たいていいつもそんな声だったような気もする。

「往本です。無事なんですか」

宇宙と交信でもしているみたいな反応の鈍さだった。

「無事に決まってるだろう」

と工場長はいった。

「声が遠いようなかんじがするんですが」

無音の間。粒山も息をひそめて受話器に耳をよせていた。

「なにかようなのかね」

ようやく返事があった。

「例のシロクマのことなんですけど」

かすかな電気的ノイズ。

「それがどうかしたのか」

「今日はどこにいたんですか」

「自宅だ。旅行の準備をしていた」

「工場には来てませんか」

「行ってない」

「あのシロクマが部長に就任したんですけど」

少し間をおいて、

「それがどうかしたのか」

「おかしくないですか」

巡査にきかれているかもしれない状況で、スパイという言葉をいっていいものか迷った。往本は粒山と不安げに視線を交わす。公衆電話のわきをロシア人の子どもが乗った自転車がとおりすぎていった。工場長は軽く咳払い（せきばら）をして、

「なにがいいたいんだね」

その声には表情がなく、かんがえがまるで読み取れなかった。どこかおぼつかないようすがあった。しかしそれは心理的なものではない。もっと即物的ななにかだ。

「声、だいじょうぶですか」

おもわず往本はいった。工場長は、

「すまんが、喉（のど）が痛い。もう電話をきっていいかな」

往本はナイフで切られた工場長の喉をおもいだした。その光景をまざまざとおもいうかべることができた。なのに工場長はこうして話をしている。往本は自分がこの目で見たものと、今ここで耳にきこえている現実とを、うまく重ね合わせられなかった。どこか決定的な地点で、世界が反転してしまったかのような気分がした。なにをいえばいいのかわからずにためらっていると、

「では失礼するよ」

といって工場長が受話器を置くのがきこえた。往本はしばらく固まっていたが、力なく受話器をもどした。粒山と目をあわせることもなく、だまって電話を見つめていた。粒山は沈黙を破るように、

「なんだ。工場長は無事だったんですね。よかった。とにかく安心しましたよ」

といったが、その声はどこか不安な響きがした。往本にはその不安の意味がわかっ

た。粒山は往本を心配しているのだ。曖昧な記憶と幻覚と妄想。その不一致が居心地悪くふたりのあいだに居座っていた。往本は苦しまぎれの弁解でもするような調子でいった。

「じゃあ、なぜ通信が遮断されてるんだろう」

だがそんなことはどうでもよかった。

「きっと機械の不具合かなにかでしょう」

粒山はなぐさめるような口調でいった。気詰まりな空気。夕暮れの路地にふたりの長い影がのびていた。

なにもかもなかったことになった。

＊

あの日から工場長は姿を見せることはなかった。長期の旅行なら当然だ。しかし往本のあたまの片隅には、同じく長期にわたって姿を消し、結句、その存在も消してしまった品質管理部の部長のことがひっかかっていた。その顔は今でもおもいだせない。顔だけでなく、声も、指も。

往本は知らない部屋にいた。工場を定時であがり、帰宅途中で女に呼びとめられ、部屋に引きずりこまれた。工場のぐるりをめぐる用水路。その交差点をわたった向かいにある錆(さ)びついた家だった。崩落しそうな青いトタン屋根の家。

「どうしても話しておかなければいけないことがあるので」

といって女は往本の手首をきつく握りしめ、家の玄関に引っぱっていこうとした。臙脂色(えんじいろ)のジャージを着た若い女だった。長袖(ながそで)で上下とも白いラインがはいっていた。名前も顔も知らない女だ。二十歳になるかならないかぐらいだろう。痩(や)せぎすでもなければ豊満というわけでもない。ちびでもないしのっぽでもない。かといって平凡で十人並みというわけでもない。どこか人目をひきつけずにはおかないものがあった。

往本は抵抗したが、女は握った手をゆるめなかった。通りに面した家の前で引っぱりあいになり、工場の正門からぞろぞろと出てくる従業員たちに不審な目を向けられた。まるで往本のほうがむりやり女を引きずりこもうとしているかのようにみえた。往本は誤解されてはいけないとおもい、とりあえず玄関に入り落ちついて断ろうとかんがえた。

だが玄関はあまりに狭く、ないも同然だった。階段ひとつ分もないような低い土間をあがればすぐ部屋だ。そして部屋はひとつしかなかった。部屋もまた狭かった。いちねんじゅう日が差さない日陰の部屋だった。

女は安っぽいスニーカーをほうりだすように脱いで、まっすぐ部屋にあがった。往本は土間の段差につまずきそうになり、反射的に部屋に足をふみいれる形になった。

「土足なんだけど」

と女の手をふりほどこうとしたが、

「べつにいい」

といって女はそのまま往本を部屋の真ん中に座らせた。往本は靴を脱ぎ、おとなしく座った。さっさと話をすませて帰ろうとおもった。女は往本に対面して座り、じっと顔を見つめた。往本は落ち着かない気分で部屋のなかに目をはしらせた。

天井は汚れ、板張りの壁は穴だらけだ。電灯がぶら下がっていたが、どういうわけかソケットには電球がない。床板には、ぼろぼろに色あせたゴザがしいてあった。ゴザはあちこち染（し）みだらけで、表面が湿っている。全体的にかび臭く、ムカデやゲジゲジがわいていそうなかんじがした。調度品はほとんどない。古びているが骨董（こっとう）的な価値は微塵（みじん）もなさそうな箪笥（たんす）。それからひびのはいった姿見があるばかりだ。鏡の表面は黄ばんでいて、まだら模様の汚れが附着していた。部屋のあちこちに焼酎（しょうちゅう）の空き瓶やビール瓶が転がっている。瓶の口には蠅（はえ）がたかっていた。壁ぎわの白い花瓶に、まっ赤なばかでかい花が挿さっているのがアンバランスに目立った。

往本は視線を女にもどした。女はどこかあざけるような顔つきをしていた。非常に均整のとれた顔かたちだが、どこか不自然で奇妙な印象があった。

しかし、どうしてもその特徴がとらえきれないところがあった。かりに二十四時間じっくりとその姿を仔細に観察してみても、目をとじた次の瞬間には、あたまのなかに刻んだイメージがあっというまに雲散霧消してしまうような。そんな得体の知れないはかなさがかんじられた。

なぜだか、往本はまえにも会ったことがあるような気がした。またそのいっぽうで、これほど欠点のない容姿をした人間には、一度も会ったことがないというような感覚もした。その相反するふたつの感覚が入り混じっていた。目鼻立ち、それらすべての配列。頬、肌、体型、体格。どれも端正に整っている。欠けているものはないようにみえた。

なんのようかと直截にたずねたが、女は、

「どうしても話しておかなければいけないことがあるので」

というばかりで用件を切り出そうとはしない。話があるならはやくしてもらって、すぐにでもここを切りあげたい気持ちだった。しかし女のほうはいそいでいるようすはない。

「ボクの名前はシーニーニー」

と女は名乗った。中国人だろうかと往本はおもったが、あえてたずねはしなかった。べつにめずらしいことではない。そういえば女のしゃべりかたには、どこかたどたどしいところがあるとかんじた程度だ。

日が傾き、部屋が陰ってくると女は箪笥からなにか取り出し、電灯の下で立ちあがった。すぐに灯りがついた。電球をはめたのだ。部屋に似合わず人工的な白い電球だった。ぼろぼろの部屋と濃い血液をおもいおこさせる鮮やかな臙脂色のジャージとのコントラストが不自然に強調された。

女はふたたび腰をおろした。灯りの下にくっきりと照らされた女の顔をあらためてみると、二十歳よりも若いらしかった。若さの発散物が襟元をてからせているのが、白い光にみてとれた。

「どうしてわざわざ電球をはずしておくの」

と往本がたずねると、

「盗まれるから」

と女はこたえ、

「玄関の鍵がかからないし窓ガラスもない。だからよく泥棒や強盗がはいる。ときには強姦魔も。盗るものなんてろくにないけど、好き勝手にさせておいてから、最後に殺して土間の下に埋めることにしてる」

往本は顔を曇らせた。女のいっていることがほんとうならおそろしいし、ほんとうでなくても、そんなことをいう女の精神状態が不安だった。女は真顔でなんの表情もない。往本は言葉に詰まって視線をそらすと、穴だらけの壁に草刈り鎌が突き立てられてあるのに気づいた。鎌の柄には長い鎖がついていた。鎖は床まで垂れ下がり、濡れ雑巾のようなゴザに重々しくのたくっていた。そのいちばん端には重い分銅のようなものがついている。鎖鎌というやつだろうか。いったいなにに使うのかと往本は背筋が冷たくなった。

「暗くなってきたから帰ろうとおもうんだけど」

往本は遠慮がちにいった。だが女は、ちょっと待ってというとまた簞笥に向き直り、平べったい白い箱を取り出した。往本のまえに箱をさしだし、そのふたをあけた。食べ散らかした出前のピザだった。具やチーズはかさかさに乾き、染み出た油が乳白色のかたまりをつくっていた。

「おなかすいたんでしょう。ボクの夕食だけど、食べていいよ」

女は無表情にいった。

「いや、いいよ」

往本はいった。

「飲み物もあるけど」

といって女は箪笥の陰に手をのばして焼酎の瓶を取った。そしてそこらに転がっていた紙コップに注いで往本にわたした。紙コップはなまぬるく、なかには黄色く濁った液体が入っていた。焼酎とはちがうにおいがした。

「これはなに」

と往本がきくと、

「小便」

とすぐにこたえが返ってきた。まじかと驚いてのけぞるべきなのか、それはほんとうですかと冷静をよそおってきくべきか、なんでそんなことするのとフランクにたずねるべきか、だれのものかと気にするべきなのか、さっぱりわからない。平然とそんなことをいわれたのは生まれて初めてだったので、どういう反応が正しいのか見当もつかない。

ふざけるなと怒鳴ることもできたかもしれないが、もしかしたらこの子はほんとうにあたまがどうかしているのかもしれないとおもうと、下手に刺激しないほうがいいような気もした。容姿はきれいだが、精神に異常がある。ある意味かわいそうな人だ。往本はなんだかかなしい気持ちになった。

　手にした紙コップに目を落としてかんがえているうちに、女はケーキを食っていた。白い生クリームがたっぷりとのったショートケーキだった。二日前に配達されたようなピザとくらべたら、新鮮でうまそうだった。女は食べおえると赤い舌をのぞかせてぺろりと口のまわりをなめた。それでもクリームはだらしなくのこっていた。女は意に介さず、

「キミはまえにもボクを見たことがある。そうでしょう」

　と往本を見つめた。まるで濁りのないビー玉みたいな目だった。往本はその目を見てはっとした。白いワンピースの女だ。確信はなかった。しかしそれ以外にこころあたりがなかった。用水路で鮭を捕まえていたときに、ひとり静かにこちらを見ていたのも、この女じゃなかったろうか。

「おもいだした？」

　と女はきいた。往本は曖昧にうなずいた。

「それで、なにかようなの？」

往本はたずねた。女は生クリームを口につけたまま、

「粒山に用がある。正確にいえば粒山に用はないけど」

「どっちなんだ」

おもわずつぶやいた。

「ボクはシベリア軍がつくった人工生命体なの」

と女はいった。ずいぶんとおかしなことをいう人だ。とはいえ、女の精神状態についてはなんの保証もない。なかば気が狂れているようなものだ。人工生命体なんてあるわけがない。とはいえ言下に否定するのもはばかられた。往本はいくらか調子をあわせるようにして、

「人工生命体っていうのは、つまりロボットみたいなもの？」

「ちがうよ。ボクはロボットなんかじゃない。機械でもないし、アンドロイドでもない。まあ量産型なのはたしかだけど、それは研究者の都合によるものだし。こういう形が好みだったんでしょ。若い女。べつに男だってよかったはずだし、年寄りだってかまわないはずなのにさ。どうせ飽きたら、べつのモデルに差し替えるんだよ。といっても、どうせまた若い女だとおもうけど」

どこか投げやりないいかただった。

女は胸のまえのジッパーをさげ、臙脂色の長袖のジャージを脱いだ。なかには白い半袖の体操着を着ていた。その半袖をめくり、白い二の腕に刻まれた文字を往本にみせた。入れ墨のようだが、ほんものかどうかはわからない。バウハウス調の書体で「C＝22」と彫られてあった。シーニーニー。それがなにかの証明にでもなるかのように。肌はじっとりと汗ばんでいて、もんやりとした空気が立ちのぼっていた。甘酸っぱいにおいが鼻をついた。白い半袖の襟は、しばらく洗濯していないのか、汗で汚れていた。

ゴザのうえにだらしなく折り重なった長袖のジャージ。彼女は袖を直すと顔をあげ、うつろな顔で往本をみていった。

「ボクは合成生物学によって生成された研究の産物。体内に注入された栄養液から、生命活動を維持するために必要な養分を取りこみ、各種パラメータを調整し、グリコーゲンを蓄積。それから解毒して体内を循環させ、最後には尿素として体外に排出される仕組みを備えている。その機構は、きわめて安定した代謝システムとして確立してて、人間や動物たちとなんら変わるところはない。生物学的にも医学的にも、生命そのもの」

それからすこし遠くを見つめるような目で、

「汗も排出されるし、尿も排出される。その他老廃物や分泌液も排泄される。血液だって流れてる。ほら、皮膚の下に青い静脈が透けてみえるでしょ。外見的にはもちろんのこと、ボクをナイフで解体したとしても人間とまるで見わけがつかない。どんなふうに試しても、ボクが人工生命体である証拠をみつけることは不可能だよ」

彼女はまばたきもせずにつづけた。

「しいて不自然な点をあげれば、ボクそっくりの生命体が複数存在するということ。無数のコピーが存在してる。寸分たがわず生き写し。工業製品みたいなものだからあたりまえだけど」

往本はそこまできいて、自分のドッペルゲンガーをおもいだした。ほんとうに彼女がいうように人工生命というものがあるのなら、ドッペルゲンガーだっていてもおかしくはない。まえに自分がたどりついた推測。自分が見た分身はロボットのようなものだったのではないかというのも、あながちまちがいではなかったのかもしれない。街の住民を無作為に選び、そのコピーを作製する。シベリア軍の基地でそんな研究がおこなわれていないとはかぎらない。以前おれは軍の病院に入院した。自分はその対象になったのだ。そうでなければ、なぜ彼女がおれを呼びとめたのだろう。ほかに彼女とのあいだにはなんの接点もない。

「もしかしておれをモデルにした人工生命とかもあったりするの？」

往本はおもいきってシーニーニーにたずねた。

「ないよ」

あっさりと否定された。往本はなさけなく口をゆがめた。だったらなぜ自分にこんな話をきかせるのだ。やはり彼女は癲狂院(てんきょういん)から逃げだしてきたのか。だからこんな鍵もかからぬ空き家に隠れるように寝泊まりしているのか。

「ていうか、なんで粒山のこと知ってるんだ」

と往本は話を変えた。

「知ってるから知ってるだけ」

「てことは、やっぱ粒山に用があるの？」

「そういえなくもない」

「なにか伝言があるとか」

彼女が連絡手段をもっていないということもありうるし、なんらかの事情で粒山が意図的に無視している可能性もある。といっても粒山のほうは、彼女にまるで心当たりがないみたいだったけど。

「伝言はないよ」

女はいった。往本は軽くため息をもらし、

「粒山とはどういう関係なの。つきあってたとか？」

こたえが煮え切らないのでストレートにきいた。このままではいつまでたってもらちがあかない。

「つきあっているというのが、どういうことをさしていうのかはわからないけど。つきあってるわけではないとおもう」

やはり曖昧な返事だ。往本は問いつめるように、

「じゃあなんなの」

「婉曲的にいうと、袋だたきにされて、嬲り者にされて、もてあそばれて、慰みものにされた」

往本はうごきが固まった。いうべき言葉が出てこなかった。彼女をにらんでいた視線をぎこちなくそらした。壁ぎわの花瓶の赤い花が、女の背後でみるみる巨大化していくような錯覚がした。

「粒山はボクのことなんかおぼえてないよ」

つぶやくように彼女はいった。

「なにがあったの？」

遠慮がちにたずねる往本。彼女は視線をそらし、臙脂色のジャージを着直した。それから思考をたぐりよせるようにして、その言葉を紡いでいった。

「ボクの肉体は、ほかの人の肉体と同様に、粒山が実際に視て、触ることができるもの。つまり知覚可能なひとつの物体にすぎない。その点において、ほかのみんなの肉体となんら変わらない。ボクの肉体がボクの肉体であって、ほかの人の肉体と区別ができるのは、それぞれのパーツとその組み合わせの特徴によって見いだせる形状のほかには、粒山から触れられたときに生じる感覚以外に存在しない。それはボクにとってという意味だけど。ボク以外のだれかの肉体が触れられたときには、ボクにはその感覚をかんじることができない。ボクの肉体に粒山が手を触れたときはじめて、ボクは特別な感触を得ることができる。それによってボクは、ボクの肉体と他人の肉体とを区別できる。それに、ボクの肉体はつねに粒山のような他人の目によってしか視ることができない。自分の目ではそれぞれのパーツを視ることしかできない。鏡に映ったボクの姿は、ボクの肉体ではなくて、鏡に映った像でしかない。ボクは決して、ほかの人がボクの肉体を視るように、ボク自身の肉体を視ることはできない。ボクには記憶と希望と恐怖と衝動、それから意志と欲求があるけど、それはボクの肉体運動によってしか表出することがない。最終的に、ほかの人がボクの肉体やボクの肉体の運動を視て、そこに記憶や希望や恐怖や衝動や意志や欲求があると判断するか、それともそんなものはいっさいなく、種々の刺激にたいして反射的に反応するただの肉の塊にすぎないと判断するかどうかは、ボクにはコントロールすることができない。それはボクの能力の範囲外にある。ボクには意志などというものはなく、ただ特異な刺激によって特異な反応が否応なくまきおこされる自動機械だと断定されても、ボクはそれに反対する証拠を見せることはできない。すべてはボクの肉体をさまざまな手段で、手練手管の限りを尽くして観察し実験しもてあそびいたぶる人びとが、あたまのなかで自由に結論をくだすことだから。ボクの肉体の中に、かってに幻影を視て、かってに幻滅して、そうして最後にはあしざまにののしる人もいる。自分のプライドを守るためだけに。ボクにはそれをどうすることもできない。そんなことはだれだって不可能なはず――」

家の前の路地を大型のトラックがとおりすぎていき、部屋が震動した。ゴザの隅にあった焼酎の瓶がたおれ、狭い玄関の土間に転げ落ちた。その音に往本ははっと現実にかえった。遠くをヘリコプターが飛んでいるのがきこえた。シベリア軍の基地を離着陸するヘリコプターだろう。この街ではごく日常的なことだ。その音が遠ざかると、廃品回収の車がゆっくりと町内をまわっているのに気づいた。

いらなくなった鉄屑、人間、動物、観葉植物などがございましたら、お気軽にお声をおかけください。すぐにおうかがいいたします。無料にて、無料にてお引き取りできるものもございます――。

こんな夕方に廃品回収車が来るのはめずらしいことだったが、往本はあたまのなかがいっぱいで、なにからかんがえていいのか混乱していた。目の前にいる彼女の存在がいよいよわからなくなっていた。彼女と粒山のあいだになんらかの関係があったのはたしかなのだろう。だが彼女はなにものなのか。粒山に忘れられたただの若い娘にすぎないのか。それとも彼女がいうように、軍の研究で製造された人工生命体なのか。

廃品回収車が遠ざかっていくと部屋のなかはしんと静まりかえった。いつのまにか表は暗くなっていた。耳元で一匹の蚊の飛ぶ音がした。真っ白な表情で往本を見すえる女。彼女はおもむろにいった。

「ボクは人工生命。ボクには自我がある。ゆえに彼を殺す」

意味がわからなかった。論理もなにもない。つまりそれが感情なのだろうかと往本はおもった。論理を超えたなにか。彼女は彼を殺す。女の表情にはなんの変化も見られない。その言葉もほんとうのものとはおもえなかった。

「シベリアンルーレットしよう」

といって彼女は箪笥の引き出しから拳銃を取り出した。彼女の手にずっしりと持ち重りがするようにみえた。本物そっくりだ。往本は怪訝な顔で拳銃に目を落とした。

「それ、モデルガン？」

と往本はきいた。すると彼女は、

「シベリア軍の男と寝たときに盗んだ。本人も人工生命体と寝たことがばれたら処罰されるからね。それも計算済み」

本物である確率は高そうだ。往本はとまどい気味に、

「シベリアンルーレットなんて知らないんだけど」

「ロシアンルーレットの別バージョンだよ。ルールはいっしょ。ただし天井に向けて撃つのはなし。それと使う拳銃がちょっとちがうだけ」

といわれて往本は気づいた。拳銃はリボルバーじゃなかった。オートマチックだ。先にやったほうが百発百中で死ぬにきまっている。

「なんでそんなことしなきゃいけないの？」

往本は自分の顔が粒山みたいにふやけた薄ら笑いになっているのをかんじた。この表情が彼女に粒山のことを想起させなければいいがとおもうと、よけいに笑顔が不自然に崩れていき、自分ではどうしようもなかった。彼女は拳銃に弾を装塡している。

本物みたいなモデルガンなのか、モデルガンみたいな本物なのか区別がつかなかった。この女はどう考えてもまともじゃない。それだけははっきりしている。

「それ先にやったほうが負けだよね？」

　往本の声は震えていた。

「よしんば確実に死ぬとしても、なかんずくシベリアにおいては最重要視されるからオーチンハラショーだいじょうぶ。ジャンケンに勝てば問題ないよ」

「いってる意味がわかんないんだけど」

「キミは初心者のようだから、引き金はボクがかわりに引いてあげる。弾は一発しかないから有効に使おうね。じゃ、とりあえずジャンケン。一発勝負。出さなかったら自動的に負け。はい、最初はぐー。じゃんけんぽん」

　往本はわけがわからずふらふらと手をさしだした。死体のように力のぬけたぱーだった。実際ぱーなのかなんなのかわからないぱー。自分でもなにかの意志をもって出した手ではなかった。小刻みに震える指先。見ると、女の手はぐーだった。往本の勝ちだ。そのことを理解するのに少し時間がかかった。そして理解すると、往本ははっとした。勝ったという気持ちはなかった。命が助かったともおもわなかった。うれしくもなんともない。往本の勝ち。それは彼女の死を意味していた。彼女は平然とした顔をしていた。彼女は親指で安全装置をはずした。彼女は彼女のこめかみに拳銃を突きつけて引き金を――。

「やめろ！」

往本は彼女に飛びかかった。手首をつかんで押し倒す。部屋全体が軋んだ。彼女はなすがままの形でゴザにあおむけになった。白い花瓶がゴトリと鈍い音をたててたおれ、まっ赤な花がゴザのうえにねじれた。どこかで鈴虫のような鳴き声がきこえた。往本の下で白い首筋をみせた彼女は赤い舌先でまだ口もとにのこっていた生クリームをなめた。あまいにおいがした。にんげんのにおいがした。手が痛いなと彼女はつぶやいた。家に見られているようなかんじがした。あたかも家そのものが生きていて、意志をもっているみたいに。往本は小声で彼女にあやまった。途端に力がぬけた。

「じゃあボクはパスする」

といって彼女は寝ころがったまま、上から覆い被さっている往本のこめかみに銃口をあてた。下からじっと見あげる彼女の目。往本があっけにとられていたら、彼女はぷっとおならをした。臭かった。彼女の体は汗ばんでいた。彼女の体温をかんじた。心臓が鼓動した。往本はうごけなかった。かたまったまま、おきあがることができなかった。汗のしずくが彼女の顔に落ちた。彼女はまるで表情を変えない。そして引き金が引かれ、まばゆい閃光(せんこう)がはしった。

＊

ぼんやりとしたあたまで往本は構内放送をきいた。夕方、品質管理部でいつものようにひとりで検査をしていたところだった。このところあたまのなかがあまりにあいまいで、昨日あったことどころか、今なにをしていたのかさえ漠然としているようなかんじがしてしかたなかった。なにも意識せず、ひたすら自動的に作業をこなしている状態だった。それでいてとくになんの不都合もかんじることはなかった。いまだ暑い日がつづいていたが、工場のなかは節電目標なんかなかったみたいに涼しかった。あまりに冷えているので長袖の作業着が必要になるくらいだった。

スピーカーからは副工場長の声が構内に響いていた。

「本日は給料日ですが、銀行振込の予定はありません。すべて現物支給となります。作業員の皆さんは、各自、帰宅前に出荷倉庫前まで受け取りにきてください。くりかえしお知らせします――」

往本は切りのいいところで作業の手を休め、品質管理部を出た。出荷倉庫のほうから廊下を引き返してくる作業員たちがいた。みな重そうな袋をかついでいる。

「なにそれ?」

と往本がたずねると、なかのひとりがこたえた。

「動物人形」

動物たちのレプリカが梱包(こんぽう)されたものだった。

「それが現物支給なの?」

「らしいよ。なんの動物かはあけてみないとわからないけど。福袋形式」

といってみんなロッカールームのほうへ歩いていった。持って帰るのだけでも一苦労だ。そんなものをもらってどうしろというのか。現物支給にしてもひどすぎる。

日が落ちて暗くなってから出荷倉庫の前へいくと、ヘルメットをかぶった副工場長が折り畳み式のパイプいすに座って待っていた。おそかったねといって彼は名簿にチェックをいれた。

「きみが最後だよ。おつかれさま」

副工場長は持っていたペンで梱包された動物のレプリカを指した。最後のひとつが倉庫のシャッターのまえに転がっていた。茶色いシート状のパッケージに「株式会社トーヨー」のロゴ。識別番号が記入されている伝票はきれいにはがされてある。緩衝材がつめこまれているので外から見た形状だけでは、なんの動物かはわからないようになっていた。

「なぜ現物支給なんです？」

とたずねるともう何度も質問を受けたのか、副工場長は顔もあげず、

「局長命令だ」

といってめんどくさそうに口をつぐんだ。往本はしかたなく残った袋を持ちあげ、その場から引きあげた。とてもつかれたかんじがした。

＊

アパートに帰ったのは夜遅くだったが往本はたいして食欲もわかず、布団にあおむけになり一冊の本をながめていた。部屋に本があったのは自分でも意外だった。どこで買ったのかおぼえていない。だれかが忘れていったか、貸してくれたかしたのかもしれない。

ユクスキュルという人が書いた本だった。ごく薄い文庫本で挿絵も多かった。それがどういう分野の本で、どういう経緯で書かれたものかはわからなかった。生物がど

のように世界を認識しているのか。彼らが世界をどのようなものとしてとらえているのか。「環世界」というものについて書かれてあるらしいということが漠然とわかる程度だ。

窓の外で夜の虫が鳴いているのがきこえる。週末の夜は向かいのブラジル人姉妹はどこかへ出かけているので静かだ。遠くの高架橋を大型トラックが渡っていく音がきこえた。

現物支給でもらってきた袋は、あけずに押し入れのまえに転がしておいた。動物のレプリカなら仕事でいやというほど見ている。部屋に帰ってまで仕事をおもいだすのはいやだった。それにしても自分はなぜこんな本を読んでいるのだろう。

その本によると、カタツムリの時間感覚と人間の時間感覚はちがうらしい。

カタツムリの目の前に規則的にうごく棒をさしだしたとき、一秒に三回の間隔でうごく棒には飛びのろうとしないが、その速度を加速させて、一秒に四回の間隔でうごかすと、カタツムリは前進して棒にあがってくるのだという。つまりカタツムリの見ている世界では、一秒に四回以上のうごきは、もはや静止しているものと知覚しているわけだ。

だとしたら人間はどうなのだろう。

映画のフィルムはすべて静止画の集まりだ。コマ送りで早く回されているからうごいているようにみえるだけ。実際にうごいているわけではない。一秒間に二十四コマの画像が流れている。それ以上遅いとうごきがぎくしゃくしてしまう。ということは最低でも一秒間に二十四回以上の速さであれば、人間の目には連続してみえるということだ。

人間が認識できる以上の速度で目の前にかかる橋があらわれたり消えたりする装置があれば、人間は気づかないで橋を渡ろうとするだろう。そして足を踏みはずして谷底に落下するのだ。橋が規則的にうごいていることを知覚できないから、なぜ自分が落ちたのか原因はわからない。

とすると自分が見ている現実なんて、ほんとうに現実そのものをとらえているのか、まるであてにならない。人間の知覚なんてそんな程度なのか。世界を正しくとらえることなんて、ほとんど不可能なんじゃないのか——。

そんなことを考えながら、往本はうとうとしてきた。側頭部のあたりがみょうにだるかった。虫の鳴き声とともに深い海の底に沈みこんでいくような、そんな感覚をおぼえつつ、眠りのなかへ落ちていった。

*

翌朝、階下の共同電話が鳴っている音で往本は目がさめた。いつから鳴っていたのだろう。布団のなかで背伸びをしてからゆっくりと立ちあがり、おぼつかない足どりで廊下に出た。アパートに人の気配はない。ただ電話のベルだけが規則的に鳴り続けていた。

そのままの格好で階段をきしませながら下へ降りた。天井の明かりとりからさしこむ光がアパートの空気を白く切りとっていた。少なくとももう二十回以上は鳴っていたが、ベルは鳴りやまなかった。電話は古い公衆電話と同じ形をしている。簡素な丸イスにこしかけ、往本は受話器を取った。電話はうみみずからだった。

「今からそっち行っていい？」

とうみみずはいった。あまりに唐突なので往本は、

「なんで」

「なんでってなんだよ。何回ベル鳴らしたとおもってんだ」

「何回？」

「わかるわけないじゃん。数えてないし。あたまぼけてんの」

「ぼけてるよ」

「ドッペルゲンガーの影響だね」

ぞんざいな口調で彼女はいった。往本は人工生命体のことをおもいだした。まえにシベリア軍の軍事施設で自分そっくりのロボットをつくってるんじゃないかといったら、うみみずに一蹴(いっしゅう)されたのだ。寝起きのあたまをはっきりさせるようにきつくまばたきして、おもむろに切り出した。

「人工生命体っているとおもう？」

「なにそれ」

「なんか。ロボットっていうかアンドロイドっていうか。よくわかんないけど人間そっくりだけど、人間じゃないやつ。人工的につくられた生命体。自分でそう名乗る人と会ったんだよ」

「それ、男？　女？」

「女。若い人」

「ありがちだね」

落ちついた声でうみみずはいった。

「そうかな」

「それ信じたの？」

「うーん。半々ぐらい」

「最近はやりの典型的なアンドロイド詐欺だね」

「べつに詐欺ってかんじではなかったけど」

「もしさ。そいつが若い女じゃなくて、粒山みたいな禿げたおっさんだったら。よぼよぼで歩くのもおぼつかない年寄りだったら。くちうるさくてあつかましいおばちゃんだったら。無様でぱっとしない青年だったら。それでも信じてた？」

「どうだろう」

信じていなかったかもしれないと往本はおもった。どうでもいいが粒山はおっさんではない。すくなくとも自己申告では。うみみずは見透かすように、

「信じないよね。なにいってんだこいつって相手にしなかったよね。少なくとも若い娘がいうよりも、はるかに疑ってかかったはずだよ」

「そうかも」

「そこが連中の手口。すけべな下心をついてるよね。うまいやりかただとおもうよ。すごくありがちだけど。人工生命体が実現可能かどうかはともかく、そういう詐欺が

横行してるんだよね。いかにも実現できそうな技術があるから信憑性が出てくるわけだけど。そこを狙ってるわけ」

　往本は電話口で耳をかたむけながら、またしてもうみみずスイッチをいれてしまったような気がしてちょっと黙ってしまった。

「生身の人間のくせに、ロボットのふりをして注目を集めようってやつ。わりと騙しやすいよ。簡単に飛びついてくる変態層は確実にいるから。ていうか、むしろそういう話にすぐに食いつく連中のほうが、ロボットの存在をバカにしてるとおもうけどね」

「おれは飛びついてはいないけど」

　と遠慮がちに往本はいった。汚いゴザにあおむけになり、白い電球に照らされたC＝22の姿が脳裡をよぎった。

「すっごくリアルだったでしょ。生身の人間みたいに。まあ実際人間なんだからあたりまえだけど。でも騙される人は、ロボットがそんなに人間そっくりなわけがないっていうおもいこみがあるから、かえって大感激しちゃうんだよね。これぞまさしく未来のテクノロジーだ。技術革新だ。まさか自分が生きているあいだにこの日が来るなんて。待ちに待っていた空想、てか、妄想が現実になった。それどころか現実がついに人間の想像力を超えたのだ。なんつって。それはてめえだけの想像力だろうが。貧困で貧弱な想像力だよ」

「でも。実際に造ることはできるのかな？」

詐欺とかいうのはどうでもよくて、もし可能だとしたら、自分が見た分身の存在も説明できるのではないかと往本はおもった。

「どうだろ。つくる技術はあるのかもしれないけど、世界協定で禁止されてるじゃん。人型の合成生命を造るのはマイリンク条約に違反するよ。ピグマリオン法とかゴーレム法ともいわれているけど。けっきょく、そういう詐欺も騙（かた）りも闇取引（やみとりひき）みたいな形で地下でおこなわれるのがふつうだからね。禁じられているぶん、よけいにバカの下心を刺激する下地ができているともいえるよね。禁断の領域とかなんとかいってさ。ていうか、どこでそいつと会ったの？」

往本は後ろめたさのようなものをかんじ、あいまいに言葉をにごした。そして、

「ていうか、なんのようなの？」

とききかえした。すると、

「いまからそっちいくから待ってなよ」

といってうみみずが乱暴に受話器を置くのがきこえた。

どこかちょっと脅迫的な響きに、往本は粒山のことをおもいだした。粒山はC＝22に命を狙われている。どうしてそんな大事なことを忘れていたのだろう。手遅れにならないうちに教えてあげなければ。なにしろ殺すといっていたのだから。それでも粒山のことだから「会ってみたいなあ」などといいそうではある。かんがえればかんがえるほど、往本はあたまが痛くなってきた。

とりあえず粒山に電話しようとおもい受話器に手をかけたが、番号を知らない。おぼえていないのではない。もともと知らないのだ。考えてみたら往本から粒山に電話をしたことはなかった。粒山はどこに住んでいるのだったか。休日に会うことはあったが、自宅を訪ねたことはない。あちこち遊び回っていて、いっときも落ちついていないのだ。今日もどうせ女たちといっしょに遊んでいるのだろう。あれだけ女にかこまれていれば、殺される心配もなさそうだ。まさか白昼堂々おおぜいの面前で人殺しはできないだろう。往本はすっかりめんどうくさくなっていた。

演出だ。なにもかもC＝22の作り話じゃないのか。自分をいかにも人工生命体のように見せかけるための。粒山ならいくらでも金を落としそうだ。よくある詐欺だとうみみずもいっていた。どうせ粒山だってふにゃふにゃした笑みを浮かべて、まじめにとらないに決まってるのだ。やめた。くだらない。どうでもいいや。あほくさい。往本は電話のまえから腰をあげた。

それにしてもうみみずはいったいなにしにくるのだろう。首をかしげながら階段をあがり、部屋にもどった。押し入れのまえには「株式会社トーヨー」のロゴがはいった大きな包みが横たわっている。茶色いシートでくるまれた動物人形。はっきりいって邪魔だ。こんなものを給料のかわりに配られてもこまる。往本は浮かない顔をした。どう処分したものか。買い取ってくれそうなあてもない。棄(す)てるにしてもぎりぎり不法投棄だ。

あれこれ思案したところ、動物の種類によっては、アパートの共同廊下にでも飾っておけばいいかもしれないとおもった。ふつうに購入すればけっこう値が張るのだ。住人や訪れた人たちによろこんでもらえるかもしれない。ロドリゲス姉妹の反応が多少気になるところではあったが、ブラジルとなにかしら親和性のある動物であれば問題ないだろう。いまどき動物の生態に詳しい人などそう多くない。てきとうにこじつければいい。

往本は包みを開封してみた。硬質な紙の音がやたらと耳に響いた。会社のロゴが規則的にならんだ茶色い包装紙をあける。弾力性のある緩衝材にかこまれ、真空パックに封じ込められたレプリカがその姿をあらわした。毛皮。被毛。合成繊維。そんなのはなかった。予想していたような毛皮にくるまれた動物の姿ではなかった。人間だった。等身大の人間。作業着に身を包んだ女性社員。うみみずだ。透明な真空パックにパッケージされ、いつもの見なれた作業服を着ている。目をとじて安らかに眠っているようにみえた。

このところ姿を見かけないとおもったら、こんなことになっていたとは。最後に見たのは出荷倉庫におきざりにしたときだ。あれから目にしていなかった。てっきり意識を取りもどして自力で帰ったものとばかりおもっていた。それがこんな形で発見されるとは。

いや、なにをいってるんだ。たった今電話があったばかりじゃないか。自分はいったいどうしてしまったのだ。あたまのなかの時系列がおかしくなっている。とはいえ電話なんてなんの意味があるのだろう。ただの音声。ただの合成シミュレーション。工場長も最後に話をしたのは電話だった。それ以来、工場長が帰ってくる気配はまったくない。従業員のだれの口にものぼらない。なんだかこのまま工場長は戻ってこないのではないかと漠然とかんじていた。

真空パックにつつまれた彼女は異様なほどにリアルだった。なにからなにまでうみみずそっくりだ。それが本物だといわれても、あるいはきわめて精巧にできた人工生命体だといわれても、疑いなく信じられた。実際、まるで見わけがつかない。

まあ考えすぎだろう。これはレプリカなのだ。あたりまえだ。だってこうしてパッケージされているのだから。ぎゃくにいえば、これがうみみずのレプリカであるのは、パッケージされているという点にしか根拠はないのだけど。それでもレプリカとかんがえるのがいちばん妥当な線だった。

それにしてもだれがこんなものをつくったのか。工場でこんなものをつくっていたら、すぐにばれる。彼女の外観データをとって設計し、金型を削る。金型を組み上げて、成型機にかけてプレスする。それから動物ほどではないにしろ髪の毛や細部の体毛などを再現するのに緻密な被毛を施さなければならない。おおぜいの作業員の目につくだろう。工場で製造されたと仮定するには無理がある。やはりこないだ会ったC=22となにか関係があるのかもしれない。あるいはシベリア軍が関与しているとも。みればみるほどうみみずのレプリカはほんものらしくみえた。

＊

うみみずが「きたぞ！」といってドタバタと階段を駆け上がってきたので、往本はいそいでレプリカを袋に詰め直した。非常に雑だった。こんなものを見られたら、へんに誤解をされてしまう。どこにおいたものか迷っているうちに部屋の戸がノックされ、返事するまもなくあけられた。

うみみずは息を切らしていた。走ってきたらしい。Tシャツにハーフパンツという雑な軽装。すげーあちいよと彼女はいった。あ、どうもと動揺して声をうわずらせる往本だったが、うみみずは気にもとめていないようだった。彼女はだれかを引き連れていた。

背後をいそいそと歩いてくるなにか。外来種のグリーンアノールほどではないけど緑色。それが第一印象だ。つややかでゴムみたいな男。そんな男は存在しない。でも実際いた。カッパだ。背丈はまあ通常の人間とたいして変わらない。やせているわけでもない。寸胴(ずんどう)な体軀(たいく)で、皮膚がいかにもゴムっぽい。あまりリアルとはいえない造型だ。とはいっても、リアルのカッパをみたことがないのだから、リアルかどうかは、ほんとうはわからない。全体的に丸みを帯びていて、なにか時宜を外した田舎の「キャラ」っぽい印象だった。

「なにそれ?」

と往本が目をまるくしていると、

「ターンテーブルカッパ。現物支給の袋に入ってた」

「ターンテーブルカッパっていうのがよくわかんないんだけど」

「頭の上がレコードプレイヤーになってるの。で、指先の爪がレコードの針で。それからたぶんどっかから音が出てくる仕組みになってるんだとおもう」

とりあえずカッパの説明になってはいたが、そんなやつが現物支給の袋に入っていた説明にはなってなかった。もちろんこんなカッパは、工場で作っていない。カッパはつるんとした無表情で、ひょことひょことうみみずのあとについて部屋に入ってきた。

うみみずはレコードの詰まった棚のまえに腰をおろし物色した。あれこれ指でなぞり、一枚のレコードを引き抜いた。ビーチ・ボーイズの「ペット・サウンズ」だ。ジャケットでは、ビーチ・ボーイズのメンバーがおよそビーチらしいところのない地味な服装で、動物園かどこかの山羊に食べ物を与えている。

「試してみたかったんだよね」

とうみみずはレコードを取り出し、カッパのあたまにのせた。なんてことをするんだ、それはおれの宝物なのに。往本は口をゆがめた。が、あたまにのったレコード盤は一分間に33と1／3の速度――それはつまり三分間に100回転だ――で、なめらかに回転をはじめ、カッパは従順な顔をして、盤面にそっと指先を置いた。

ぷちぷちしたノイズに続いて、彼岸のような楽しいメロディとともにA面一曲目の「素敵じゃないか」が鳴った。軽快な夢見心地のサウンドだ。ジャンルも時代も超越したアート。この世界のものとはおもえない魔法の音楽。音はぽかりとひらいたカッパの口から放たれていた。口がスピーカーになっているらしい。ものいわぬつぶらな目。

「モノラルだね！」

とうみみずは目を輝かせた。

「そんなことしにきたのか」

往本はあきれた。カッパがなんなのかなどもはやどうでもよかった。だが、それにしてもカッパのサウンドはとても心地よかった。胴部の太さが秘訣だろうか。豊かでリッチな音質だ。原音をありのままに再現しているみたいなかんじがした。正真正銘のモノラルサウンド。

「ふしぎだ。モノラルなのに奥行きがあるようにきこえるのはなぜなんだ」

うみみずはカッパの前に座り、いたく感心しているようすだった。往本もまたその音に聴きいっていた。カッパはいいものだ。ビーチといえばカッパだ。いや、カッパは海じゃなくて川か。そういえば水路でカッパをみたとか、だれかがいっていた気がする。

モノラルのレコードを聴くにしても、ステレオのスピーカーの真ん中に座って聴くのと、ひとつのスピーカーをまえにして聴くのとではまるでちがう。ステレオのスピーカーでは、空っぽの空間に宙づりにされているような感覚になる。なにもない空間から、ぬっと音が顔を出してくるかんじだ。まるで亡霊と会話しているような気分だ。やはりひとつのスピーカーに対峙(たいじ)して聴いたほうが、モノラル音源そのものの像をはっきりと体でかんじられるのだ。こんな音楽が地上に存在するということ自体が魔法だと往本はかんじた。カッパも行儀よく正座している。ぽっかりあいたカッパの口がくさくないのが幸いだ。

「ていうかこれなに」

うみみずが部屋の隅に放置されていたレプリカのパッケージに興味を示した。まずいと往本はおもったが、おそかった。うみみずは布団の上で「株式会社トーヨー」のロゴ入りの袋を開けた。そして、うみみずのレプリカがあらわになった。

「なんだよ、うちじゃないか。気味が悪いな」

と彼女は嫌悪(けんお)感むきだしの顔をした。

「例の現物支給にはいってたんで」

「なんでこんなのえらんだの」

「福袋形式だったから、なにはいってるか知らなかったし。残業でそれしかのこってなかった」

「こんなの作ってないじゃん」

「カッパだって作ってないだろ」

なんかなあと首をかしげながらうみみずは真空パックをひらいた。かすかに空気の流れる音がきこえた。むきだしになるレプリカ。パック越しにみたよりもさらにリアルだった。

「まるで生きてるみたいだね」

今にも動き出しそうだなどとうみみずがいっているうちに、レプリカはむっくりとおきあがった。なんでうごくのとうみみずは往本にきいた。なんでといわれてもうごくとはおもわなかったから返事のしようがない。かわりにレプリカが、

「知らない」

とこたえた。それにしてもよくできてるねと、うみみずはおそるおそるレプリカの顔をながめた。レプリカはとくにどうという顔もせずにおとなしく座っている。あれこれたしかめるように、うみみずはレプリカの手足をさわり、肩、首、頭をなで、せ

なかのあたりに鼻を近づけてくんくんと嗅いだ。

「むかし飼ってた犬のにおいだ」

といってうみみずは懐かしそうに目を潤ませた。

「もしかしてドッペルゲンガーじゃないの」

往本はいった。

「あ、じゃあ、わたし死ぬのか」

うみみずはあっさりといった。

「いや。そいつがドッペルゲンガーだっていうことじゃなくて、ドッペルゲンガーの正体がその人形なんじゃないかっていう意味。まえにおれがみたのも、ただのレプリカだったんだよ。だからおれは死なないんだ」

「レプリカっていうけど、なんなんだろうね。これふつうにわたしじゃん。ていうか、わたしはどっちなんだろう。どっちが本物のわたし？」

「それは自分のほうだろ」

「でも。うちとどうちがうの」

「だってそれ、今うごきだしたんだぞ。パッケージにくるまれてたんだ。人形に決まってるじゃないか」

「うちだってパッケージに入ってたのかもしれないじゃん。記憶にはないけど」

「なにそれ。自分も人形だっていうこと？」

「そうじゃない保証はないよね」

「いや、なんとなくわかるだろ」

「わかんないよ。根拠がないし。あなたはわかるの」

うみみずはもうひとりのうみみずにたずねた。

「知らない」

とレプリカはぼんやりと答えた。どこか一本調子で機械的な声だった。往本はそれをみて、

「ほら、あきらかに魂なさそうなかんじじゃないか」

というと、うみみずは、

「魂の存在なんか証明できないっての」

と少しむっとした。その表情に往本はまずいなあとおもい曖昧に口を閉ざした。たしかにレプリカはうみみずそっくりだった。外見的にはまるで見わけがつかない。たったいま目の前でうごきだしたのをみたのでなければ、どちらがレプリカかなんてわからなかったかもしれない。ちがうといえる点は今のところ、反応がぼんやりしてい

るということぐらいだ。それももしかしたら、しだいにほんものらしく学習していくのかもしれない。そうなったらどこで区別していいのかわからない。

アパートの階下で共同電話が鳴った。往本が立ちあがると電話のベルはやんだ。だれかが電話口に出ているのがきこえた。いつのまにか帰った下宿人がいたらしい。すぐに階段をあがってくる足音がした。そしてノックもなく部屋の戸があいた。ロドリゲス姉妹だ。

「オートモ、電話ダゾ」

オートモじゃなくてオーモトなんだけどとはいう気もしなかった。どうせ何度いってもまちがえるに決まっているのだ。

「オートモ、ハヤクシロ」

とべつのロドリゲス姉妹がいった。どれがルイザでライザでロイザなのかわからない。というか三人だけではなかった。戸口からぞくぞくと顔をあらわし、四人、五人と増えていった。どれもみなそっくりだった。

「三つ子じゃなかったんですか」

困惑気味に往本はたずねた。

「知ラネエヨ」

とだれだかわからないが姉妹のひとりがいった。眉間にしわを寄せた、喧嘩腰の口調で。姉妹のひとりはドクター・ジョンの「ガンボ」のレコードをもっていた。もうひとりはデイヴィッド・バーンの「レイ・モモ」をもっていた。さらにはワイルド・チャピトゥーラスのレコードをもっているものもいた。どれも往本が貸したレコードだ。

「電話デロヨ、クズ」

べつのロドリゲスがいった。

「昼間カラ、河童ナンカ連レコンデンジャネーヨ、ハゲ」

と背中に罵声を浴びせられながら往本は階段を降りて受話器を取った。おれはハゲじゃないんだけどとおもったし、もっとカッパに驚いてもいいんじゃないのかともおもったけど、べつに議論する気にもなれなかった。電話は粒山からだった。

「往本くんですか。びっくりして頭禿げちゃいそうですよ」

と粒山はいった。もう禿げてるじゃないかとおもったが、指摘する気にもなれない。

「どうかしたの」

と気のない返事をする往本。

「四つ耳ウサギが出たんですよ！」

「はあ」

　意味不明だった。

「やばいですよ。あの福袋。どうしましょうね」

　粒山がもらった現物支給のレプリカが「四つ耳ウサギ」というやつだったのだろう。それがなんなのか知らないが、もう驚く気力もなくなっていた。なんだっていい。なにがなんだかわからないことだらけだ。

「耳が四つあるんです」

　それはいわれなくても想像はつく。

「でかいんです。人間みたいに歩くんです。どうすればいいんでしょう」

「それ、暴れるの」

　と往本はきいた。

「なんです？」

「いや。そのウサギ、暴れたりして危険なのかなと」

「いいえ、おとなしくてききわけがいいんですよ。耳が四つあるからですかね？」

　知らないけど。

「おとなしいならいいんじゃない」

往本はいった。粒山はそういわれてみればそうですよねと少し冷静になった。かわいそうだから逃がしてあげましょうかなどという粒山の話を、往本はなかばうわの空で聞きながら、玄関に脱いであるうみみずのサンダルに目を落としてかんがえた。レプリカのほうのうみみずはこれからどうするのだろう。このままアパートに置いておくわけにはいかない。彼女はうごくのだ。人形とはいえ、自律的にうごいている。停止させる方法も知らない。停止させる権利があるのかどうかも。生きているとしかおもえないのだ。それなら彼女は外の世界へ出ていかなければならないだろう。靴は履いていただろうか。カッパやウサギのほうがどれだけ簡単だったろう。それも差別だったが。往本はうみみずと粒山がちょっとうらやましくなった。

＊

レプリカのうみみずは靴を履いていた。工場で支給されている作業靴だ。往本とうみみずは工場へ行ってみることにした。人形の出所がどこなのか。それをつきとめるために。工場にはシロクマがいるかもしれない。シロクマが休日どこでなにをしているかは想像がつかなかった。だがいずれにせよレプリカをどうにかしなければいけない。なにか手がかりが見つかるかもしれない。

往本とうみみず、それからうみみずのレプリカとカッパがアパートの門を出たところで、電柱の陰から巫女装束の女がぬっと姿をあらわした。巫女はくわえていた煙草をぺっと路上に吐き捨てた。待ち伏せをしていたのだろうか。どぎつい紅白の衣装が真昼の太陽にかっと照らされ、一瞬目が眩んだ。

後ろでひとつに束ねた長い髪。生気のない顔色。すっかり削ぎ落としてしまったかのように眉毛がない。ナシエだ。ナシエは往本に向かって丁寧にお辞儀をした。往本も黙ってお辞儀をした。なぜこんな格好をしているのだろうとおもったが、表情には出さないよう気をつけた。ぶっちゃけ狂人だとおもっていると知れたら、なにをされるかわからない。だがうみみずはストレートに「恐っ」といって一歩下がった。

ナシエは真剣な顔つきを崩さず、得体の知れない奇妙な舞を舞いはじめた。どこか伝統的なかんじがするそのうごきは、もしかしたら巫女舞といわれるものだろうかという気がしたがよくわからない。それ以上にわからないのが、ナシエがもっている金属バットだ。左右にふりあげゆっくりと舞うのだが、こういうのは棒きれに白いくねくねの紙がぶらさがったものをもったりするものじゃないのかという気もした。というか、この人はなにをしたいのだろう。そこがいちばんよくわからないところだった。

「このひと、しりあい？」

とうみみずが往本にたずねた。

「粒山の奥さんらしいよ」

往本はこたえた。ナシエの手にはすべての指に髑髏の指輪がはめられていた。もはや指輪というよりはメリケンサックに近い。その拳骨で殴れば、かなりの殺傷能力があるだろう。

「あのハゲ、結婚してたんだ。ていうか巫女なのか。こんなところでなにしてるの。ていうか、なにからつっこめばいいのかぜんぜんわかんない」

それは自分も同じだと往本はおもった。しかし奥さんの面前で旦那をハゲ呼ばわりしてはいけないだろう。バットを縦にかまえ、気取ったポーズで体をのろのろと旋回させるナシエ。能面みたいな顔をしていた。

往本もうみみずも首をかしげて見守るほかなかった。レプリカとカッパはどうかといえば、やはり首をかしげておとなしくそのようすを見ていた。それにしてもナシエはレプリカとカッパにすらなんの反応も見せなかった。うみみずを知らないナシエからすれば、レプリカのほうは双子という可能性もかんがえられるだろうからともかくとして、カッパに対してはなんらかの反応があってもよさそうなものだ。しかしそんなものは眼中にもないようすだった。やはりどこか頭のたががはずれてしまっているのかもしれない。

「いったいなにをしているんですか、ナシエさん」

往本はこらえきれずにいった。きいていいものかどうか判断がつかなかったが、それ以外に言葉がおもいつかなかった。

ナシエは紅い袴を揺らしながら、ゆっくり往本に向き直ると、

「頭は猿、胴は狸、手足は虎、しっぽは蛇、その鳴き声はトラツグミ！」

といった。

さっぱり意味がわからなかった。

「なんですか」

「ぬえ！」

「は？」

「ぬえ！」

さっぱりわからない。力をこめて叫ばれてもわからないものはわからない。

「胴がいちばん特徴ないね」

とうみみずが素朴な感想をいった。ナシエはそれにかまわず、

「神の御言葉を伝えに参りました」

「なんです、それは」

往本はきいた。めんどくさかった。

「脳が沸騰して溶けちゃうよお」

とナシエ。スッポンみたいに口をすぼめていた。

「はあ?」

「脳が沸騰して溶けちゃうよお」

「なんなんですか」

「神の御言葉でございます」

「なにが」

「だから、脳が沸騰して溶けちゃうよお」

「それが神の御言葉?」

「さようでございます」

「神様がそういってたんですか」

「はい。脳が沸騰して溶けちゃうよお」

スッポンみたいな顔をした。そしてすぐに能面にもどる。ひょっとこなのか能面なのかはっきりしろよと往本はいらいらした。ナシエは二面相を何度もくりかえして神の御言葉をつぶやき、巫女舞を舞いに舞った。ときおり金属バットが間欠的に素早くなり、ぶんと空気をうならせた。近くで蟬(せみ)が鳴いている。彼女はだらだらと汗を流していた。

ナシエの舞はしだいに熱を帯び、中国の武術の達人みたいになってきた。動きは速く、身のこなしは軽やか。バットはうなり、カンフー度が増してきた。袴が大きく翻(ひるがえ)るたびに、往本の目の前が鮮やかな紅色に染まり、視界がちかちかした。白と紅のコントラストが目にいたい。たしかにこうしているうちに脳が溶けてしまうのではないかという漠然とした不安があった。

「エブリシングフロウ！　いたるところに神の恩寵(おんちょう)が！」

と出し抜けにわめき、ナシエは金属バットでアパートの表札をなぐった。表札は半分にわれて路面に落ちた。つづけて彼女はバットを振り回して、そこらの塀や電柱をたたき、ガラスや板塀などをつぎつぎと打ち壊した。古本屋の看板が吹っ飛んだ。あわてて店主か店番が出てきたが、般若顔(はんにゃがお)で暴れているナシエをみると、すぐに店のなかに引っ込んだ。

「ナシエさん、落ち着いてください」

往本はいった。奇妙な格好でゆるゆる踊っているだけならまだしも、踊りに乗じてバットを振り回されてはかなわない。

ナシエは往本に向き直った。能面みたいな顔にもどっていた。それが冷静なのかどうか判別がつかなかった。

「あ、雪」

とナシエは往本の後ろを指さした。往本もうみみずも、え、とふりかえってはみたが、いまは夏だ。雪なんか降っているはずがない。それでも反射的にふりかえって確認してしまうのはなぜなのだろう。すると今度はスッポンみたいな顔をして、

「ぱたぱたぱたぱた」

なんの意味があるのかわからない擬態語をくりかえして視線を空中に泳がせた。往本たちはつられて彼女の視線を追ったが、なにもない。ナシエのぱたぱたぱたぱたはやまず、その声を聴いているうちになんだか、ぱたぱたぱたという言葉そのものが魔術かなにかのように目の前を蝶の形をしてかすめていったような感覚がした。

往本はおもいだした。彼女は現実世界を作ることができる、操ることができるというようなことをいっていた。用水路に鮭をのぼらせたのも彼女だといっていた。そして土砂降りの雨を降らせたのも彼女だと。一升瓶にタバスコを入れてもってくる女の

することだ。そんな奇体な能力があったら、どんなことをするか知れたものではない。

あいかわらずのスッポン顔で呪術的ぱたぱたをくりかえすナシエ。民芸品の牛の玩具のように、その首は不規則にゆれうごいていた。ナシエはふいにぱたぱたをやめ、ひょっとこ状態の口で表情を固定させた。怒っているのだろうか。眉毛がないせいばかりとはいえないが、感情が読み取れない。読み取れない無表情というものほど怖いものはない。怒っているなら怒っている顔であったほうが、まだわかりやすくていい。

「暗闇の速度はどれくらいでございませう？」

むやみに口をとがらせたままナシエがいった。往本は、

「だしぬけになにいってんだよ、蛸」

といってしまいそうになったが我慢した。

「光に速度があるのでしたら、暗闇にも速度があるはずでございませう？」

「はあ」

あいまいにあいづちをうつ往本。

「ハローダークネスマイオールドフレンド」

ナシエは能面顔になり、静かに英語の歌を口ずさみはじめた。絶妙にこぶしがきいていた。それから彼女はぱたりと歌うのをやめ、

「〝夜とは黒き空気の沈殿に起因する大気の不健康な状態〟とはだれがいったのでございましたでせうか」

そして地面にちいさな円を描くように金属バットをゆっくりと引きずり、

「ここも、もう日が暮れているのでございます」

するとあたりはにわかに暗くなった。夜が一瞬にして訪れたかのようだった。往本は額に脂汗（あぶらあせ）がにじみ出るのをかんじた。最前からおかしなことばかりだが、これはかりはあまりにおかしすぎた。またたくまに昼が夜になるなど、そんなバカな天変地異があってはたまらない。

「皆既日食だっけ？」

とうみみずはいったが、時間が長すぎる。街灯がつぎつぎに点灯し街路に列を作った。時刻はまだ昼だ。世界が闇につつまれた。いや、世界かどうかはわからない。このあたり一帯が暗くなっただけかもしれない。しかし太陽が変だ。空に高くかかっている丸い大きな天体。あれが太陽であるのは時刻やその位置から推測してもまちがいない。だが、その太陽はブラックホールのようにどす黒かった。

往本はこれほどまでに黒いものをみたことがなかった。さっきまで光を放出していたものが、今度は光を吸収している。太陽が消えて暗くなったのではなく、太陽のせいで暗くなったのだ。その天体を見あげているだけで、脳髄がすっかり吸いこまれてしまいそうな感覚がした。盆(ぼん)の窪(くぼ)から脳みそをずるずると吸いあげられ、ぬけがらとなってぐったりアスファルトにへたりこんでしまいそうな心地だ。

「視(み)てはいけない」

直感的に往本はうみみずにいった。通常の太陽を直視すれば目がつぶれるのといっしょだ。あんな太陽をみていたら、やはり盲目になってしまうだろう。光も闇も、目の機能を奪うことができるのはいっしょだ。夜の底に立ちならぶ街灯が、つかれた顔で路地や家々を照らしている。いかにも悲しい白い光をしていた。

「あがれ」

とナシエがいった。感情の欠落した響き。すると、空に花火があがった。大きな花火がいくつもあがった。きらきらした色の火の玉が長い尾をひいて、暗い夜空にあしあとを残した。光は空のレイヤーへ滲(にじ)むように消える。

どこからともなく黒いハンカチのようなものが宙にあらわれた。不規則にはためき、目の前をかすめていった。さびしい街灯をくぐりぬけるハンカチ。コウモリたちが夜の街で活動をしはじめていたのだ。

からからとナシエが金属バットをアスファルトに引きずる音。路地のあちこちでなにか小さな生き物が跳ねたり、のろのろと這いすすんだりしているのが見えたが、薄暗くてその正体を見ることはできない。みないちようにおなじ方向へ歩いていた。

「悪魔め、悪魔め、悪魔め」

といってナシエはバットをむやみに振りおろして、その生き物をたたきつぶそうとしていた。あまりに数が多くて、すべてを駆逐するのは不可能だ。そのうちあきらめたのか、ナシエは金属バットをそこらにうち捨て、息を切らして顔をあげた。街灯に照らされたその顔に往本は異様なものをかんじた。彼女の瞳には、黒目がなくなっていた。なんの印もないむきだしの白目。玉子かピンポン球のような白目がナシエの眼孔に埋めこまれていた。ナシエは紅い袴をおおげさにひるがえし、ゆっくりと首を回転させた。そして唐突に、

「ぴょー」

と叫ぶと、びゅうううんと威勢のいいバネみたいに空へ飛んでいった。ほぼ垂直に飛びあがっていった。暗黒を背景に、白と紅の巫女装束が音を立ててはためく。その姿はみるみるうちに小さくなって、小粒の点となり、やがてそのまま往本たちの視界から消えていった。暗い空を見あげる往本とうみみずとレプリカとカッパ。路地にはナシエが置いていった金属バットが転がっていた。たたきつぶされた生き物はカ

エルかサンショウウオのようにも見えた。

＊

工場の入り口は閉鎖されていた。鉄柵の門が太い鎖でがんじがらめにされている。左右には高い塀がどこまでも続くばかりで、入る隙間はない。塀を取り囲むように流れる用水路は暗い濁流があふれて、ごぼごぼと音を立てていた。

往本もうみみずも口数が少なかった。黒い太陽と変わりはてた街。街路はいちめん泥でおおわれていて、滑り、ぬかるみ、工場まで辿り着くのに難儀した。うみみずは脱げたサンダルをはきなおしながらため息をもらした。あいかわらずぼやけた白い街灯だけが街を照らしている。

あちこちで魚と両生類の中間みたいな生き物がずるずるとその体を引きずっていた。いきものたちはみな泥とおなじ色をしており、脊椎動物のようにもみえたが節足動物や昆虫のようなものもいた。でかいダニのようなカニが、群れをなしてざわざわと縦列していた。みたことのない生き物ばかりだ。丸いガラスのような目が往本たちをみているようなかんじがした。海底に棲む古代生物たちのパレードみたいだった。

工場に近づくにつれ、街路には背の高い葦が繁ってきているようにかんじられた。どこから生えてきたのか、やたらと繁殖している。見通しが悪く、葦の葉が風にゆれうごく音がしていた。ときおりしわがれた鳥の声が間欠的に葦の向こうから響いてきた。用水路のわきには、たくさんの蓮がうちあげられている。花を咲かせたあともなく、丸い葉っぱばかりが堆積していた。茎は幾重にもねじ曲がり、幾何学模様のうずまきをつくったり、無造作に束ねた電源コードのようにもつれあったりしていた。泥濘にはいくつもの足跡があった。大小さまざまな鳥のあしあと。アオサギかカモ、あるいはクイナかカイツブリか。それから得体の知れない生物たちのあしあと。人間のものは見あたらない。

工場から染み出た廃油が、泥のうえを這うように流れ、街灯の光をまがまがしく虹色に反射させていた。廃油の周辺にはカエルの死骸のようなものがいくつも転がっている。ザリガニかなにかの死骸もばらばらになっていた。鳥たちが食べたあとらしかった。硫黄のようなにおいが鼻をついた。

流木が泥のなかに突き立っている。街路樹がそのままの形で立ち枯れしたかのように並んでいる。おおきな石やブロックが泥をかぶって点在している。そちこちに咲く白いタカサゴユリの花が異様に大きかった。往本たちはまるで自分たちのほうが小さくなって泥のなかを歩いているみたいな気にさせられた。

　街の防災無線からは、チベットの声明がきこえていた。ナミゲル寺院の僧侶たち。ヴァジュラバハイラヴァ成就降魔の合唱だ。おおぜいの僧侶が低い声で読経をしていたかとおもうと矢庭に鉢や太鼓、喇叭が洪水のようにけたたましく打ち鳴らされる。静と動の波が切りかわるたびに、あたりの草木や生物が落ち着きなくざわめいた。

　往本は工場の鉄柵を何度か押したり引いたりしてみたが、びくともしなかった。乗り越えられるような高さでもないし、足をかける格子もない。

「閉鎖になったのかな。だから現物支給だったとか」

　とうみみずがいった。

「いや。機械は稼働しているからそれはないとおもう」

と往本。実際、工場の建物からはNC工作機がうごいているのがきこえていた。閉鎖になったのなら、なんの音もしないはずだ。

「工場どころか、そこいらじゅうおかしなことになってるよね」

　というみみずに往本は、

「きっかけは工場にあるような気がするけど」

「どうかな。原因はよそにあって、工場は影響を受けただけかも」

「どっちにしろほかに手がかりがありそうな場所もおもいつかないよ。それにＭＫ部っていうのがあるって工場長がいってた。倉庫の奥に扉を見つけたんだ。もしかしたらなにか隠されてるのかも」

「さっきの女の人もあやしいよね。粒山に電話してみれば。奥さんなんでしょ」

「粒山の番号知らないし。ていうか彼女がそういってるだけで粒山は否定してる」

「あらゆる意味でわけわかんないね」

　工場を調べてみる以外なさそうだった。そもそもなにをすべきかすらわからないのだ。なにもせずに放っておくのも一つの選択肢ではある。だがそれで落ち着いていられるかどうかは、また別問題だ。

「あしあと」

とうみみずがいった。ほんもののうみみずではなく、レプリカのほうのうみみずだ。彼女がぬかるみに目を落として、なにか指さしていた。

「クマのあしあとだね」

　とほんもののうみみずがいった。あしあとは用水路と平行するように続いていた。あのシロクマのものだろうか。どこから来てどこへ行ったのか。往本たちはあしあとをたどってみることにした。

＊

四人はいつのまにか地下水路のなかを歩いていた。外の水路はごうごうと濁った水が流れていたが、地下はしんとしていた。岩からしみ出たわき水みたいに音もなく足もとを流れている。クマのあしあとは地下の入り口まで続いていたのだが、そこからさきは消えていた。静かな水流に泥の堆積はきれいに洗い流されてしまっていた。それ以上あしあとをたどることはできない。とはいえ、引き返したような形跡も見あたらなかった。クマはこの奥へ入っていったのだ。

地下の固い地面を歩いていく。レプリカのうみみずが作業着のポケットにもっていたペンライトの光だけが頼りだった。うみみずはいった。

「地上はおかしい。工場もおかしい。引き返しても真っ暗だし、地上も地下もおなじだね。うちらもう帰る場所ないんじゃない。地下のほうがぬかるんでないだけましかもね」

「地下にはあのシロクマがいるかもしれないぞ」

「今度出てきたら、どてっぱらにパンチをめりこませてやるよ」

とうみみずは手をグーにした。

「動物虐待になるんじゃないの」

「あいつは動物っぽくない」

「根拠は」

「ない」

水路はしだいに天然の洞窟みたいになってきた。天井や壁がごつごつとした岩になり、地面も平らではなくなった。あいかわらず水は流れていたが、これでは地下水路とは呼べない。空気もひんやりとしていた。鍾乳洞のつららのようなものまで生えてきている。

道は何度も分岐していた。とくにかんがえることもなくいちばん広い通路をたどってきたのだが、洞窟のような様相をみせると、どれが主流となる道なのか判別がつかなかった。分岐があるたびにあれこれ迷ったものの、いずれにせよどこを歩いているのかさっぱりわからなくなっていた。

それにしてもずいぶんと入り組んでいた。すすめばすすむほど異様にくねくねとしている。なにかまちがった方向へ来てしまったのではないかという不安が去来したが、だれもそのことをはっきりと口に出す勇気はなかった。

地面も泥でぬかるんできていた。迷子になった気分だった。とにかくこの状態から抜け出したくて、自然と足早になっていた。狭く入り組んだほらあな。片足をあげてフラミンゴになる。四つ足になってワニのように這うかとおもえば、背中をエビのように丸める。さらにはヤモリのように岩をよじのぼり、モグラのようにかきすすむ。行けども行けども洞窟だ。トンネルは不可解千万なまでに交差しており、往本の頭のなかも交錯してきた。どちらが右でどちらが左か、さらには上も下もわからない気分だ。地下を伝って工場へ出るつもりだったが、それももはやあやしくなってしまった。

通路が細くなるにつれ、こころも細くなってきた。あまりに無数の枝道。完全に迷子だ。まるで新入りの坑夫だった。帰り道すらわからない。

「硫黄のにおいがする」

というみみずの言葉に往本の顔が明るくなった。

「街中でも硫黄のにおいがしたよな。出口が近いってことじゃないか」

往本は洞窟の先をのぞき込んだ。地下はもううんざりだ。暗かろうが異常だろうが、やはり地上のほうがいい。だがうみみずは、

「逆かもしれないよ。地下に硫黄のかたまりがあって、それが地上に溢（あふ）れたってだけ

かも」

「なに硫黄のかたまりって」

「温泉とか。じゃなきゃ火山とか」

「ここ山じゃないだろ」

「これからなにかが噴き出してきて山ができるのかも」

「物騒なこというなよ」

こんなところで生き埋めになるのはごめんだ。

「きのこ」

とレプリカのうみみずがいった。ペンライトで照らされた地面に目をやると、たくさんのキノコがはえていた。ぷっくらとした異様に丸いキノコだった。色が白くマシュマロのようだが、異様にでかい。よく見ると、表面に血管みたいな青い筋が浮き出ている。一瞬キノコが脈打つようにうごくのがみえたような気がした。

「ぜったい毒きのこだね」

うみみずがいった。

「きのこと硫黄って、共存できるものなのかな」

と往本がいったが、こたえられるものはいなかった。かわりにうみみずが、

「きのこって、どこからどこまでがひとつなんだろうね」

すごくどうでもいいことをいった。

「ひとつはひとつだろ。一本、二本ってかぞえるんじゃないのか」

「でも根っこのとこでつながってるじゃん。ひとつひとつは木の枝みたいなものなのかもしれないよ」

話がへんにこんがらがっただけだ。そんなことを話しながら先へすすんでいくと、洞窟の幅がだんだんと広がっていった。抜け出すことができそうだ。とにかく少しでも広い場所へ出たかった。硫黄のにおいは濃くなっていた。道のでこぼこも落ち着いてきたころ、うみみずがいった。

「待って。ひとり足りないような気がするんだけど?」

「え、ほんと」

往本は立ち止まってふりかえった。うみみずが、

「往本でしょ、うみみずでしょ、カッパでしょ。ほら、何度数えても足りない」

といって指でひとりひとり確認した。往本はいった。

「自分のこと数えてなくないか」

「しまった。そうだった。どうもすみませんでした」

と小声で謝るうみみず。

「だいじょうぶか？」

「きのことまちがえた」

意味がわからなかった。往本は彼女の顔をのぞき込んだ。なんらかの要因で、うみみずが阿呆になってしまったのではないかと心配だった。いいから先を急ごうと頭をかきながら目をあわせずにうみみずがいうので、また奥へすすんだ。洞窟はふたたび狭まるかのようにみえたが、それは建物でいうところの戸口のようなものだった。短い通路をくぐるとすぐに広々とした場所へ出た。あいかわらず地面の下だが、けっこう広い。レプリカのうみみずがもつペンライトでは、洞窟のはしまで照らせない。どれくらいの広さなのか正確に把握できなかった。

「動物」

とレプリカのうみみずがいった。広い洞窟の周辺に、いくつもの動物が折り重なってたおれていた。往本には一目でそれが動物のレプリカだとわかった。そこかしこに山のように積み上げられている。シロクマやウォンバット、ジャイアントパンダにワラビーといった動物たち。どれも工場で生産されているものだ。どうしてこんなところにあるのかわからないが、どれも失敗作のようだ。

「不法投棄かな」

往本は怪訝な顔をした。

「品質管理でひっかかったやつとか？」

とうみみずがきいた。

「こんなにまるごと廃棄処分にはならないよ。ほとんどは解体してリサイクルにまわすはずだし。まるごと棄てるのはきいたことないな」

「じゃあ、かなり昔のなのかな」

うみみずはいったが、そこまではわからない。ペンライトで照らされた天井には、たくさんのヒトの手のかたちや、ウシかなにかの有蹄動物に似たかたちの絵がびっしりと描かれていた。そこへ洞窟の向こうから、なにかがやってくるのに気づいた。ペンライトの光をそちらに向ける。

ウサギだった。二足歩行の大きなウサギ。人間の子どもほどの大きさはある。そのウサギがひとりでひょこひょこ歩いてきた。耳が四つあった。四本ともぴんと立っている。

「四つ耳ウサギか」

往本はいった。

「なにそれ」

　とうみみず。

「粒山がもらったやつ。現物支給の福袋で。置いておくのもなんだから野に放してやるとかいってたから、ひとりでここに紛れこんだのかも」

「ネザーランド・ドワーフだね」

「それってすごく小さいんじゃなかったっけ。工場にある図鑑で見たことあるけど」

「サイズは問題じゃないよ。大昔の生物はみんなでかかったっていうから。ナマケモノの祖先なんて体長が六メートルもあったらしいよ。たぶんウサギもいっしょなんだよ。それが復活したのかもね」

「耳が四つあったのか」

「知らない」

　四本耳と大きさ以外は図鑑で見たウサギと変わらない。グレーの被毛でおなかが白い。愛嬌(あいきょう)のある顔でこちらを見ている。耳はあちこちに向いて、注意深く聞き耳を立てているようすだ。往本のまえまでやってきて、鼻をひくひくさせてにおいをかいだ。ぴんと張ったひげがくすぐったかった。粒山がいっていたように敵意はないらしい。ただこの前歯で噛(か)みつかれたら痛いぐらいじゃ済まないだろうとおもった。うみみずがウサギのでかい背中をなでながらくんくんとにおいをかぎかえした。

「なんでまたこんなとこにまぎれこんだんだろう」

　往本がいうと、

「アナウサギだから、こういうところが好きなんじゃない。アスファルトだらけで、自分サイズのでかい穴なんて掘る場所ないしね」

　なるほどそうかもしれないと納得していたら、すぐうしろで音楽が鳴った。ヴァン・ダイク・パークスの「ジャンプ！」だ。戦前のアメリカ音楽を彷彿させるミュージカル仕立ての軽快なオーケストラ。緻密なバロックポップが洞窟に木霊する。カッパが頭でレコードを回転させて再生していたのだ。尖った指先を盤面に落とし、空いた手でレコードジャケットを胸に掲げている。田園地帯を背景に服を着たウサギが陽気に跳びはねている絵だ。

「おれのじゃないか」

　往本はいった。アパートの部屋からいつのまにかもってきていたらしい。カッパの背中の甲羅には、レコードを収納するためのスリットがあった。そこに何枚ものレコードを入れておけるようになっていた。歩く蓄音機だ。

　その音楽を聴いて、ウサギは楽しそうに跳びはねた。四つの耳をしきりに前後させている。耳が四つあると音楽はどんなふうにきこえるのだろう。もしこのウサギにきこえる音楽が、三次元的な空間認識を超えて、時間軸をも自在に行き来してきこえるのだとしたら、そこにはどんな風景が広がっているのだろう。そう考えただけで、カッパの口から流れるモノラルの音声がいつもとちがったかんじにきこえた。

「あれ、どこいくの」

といううみみず。カッパとウサギはふたりで楽しそうに、暗い洞窟の奥へと歩いていってしまった。音楽がじょじょに遠ざかる。かれらは暗がりでも目が見えるのだということに今さらながら気づいた。

残された往本とうみみず、それからうみみずのレプリカは、カッパのあとを追った。人間には見たり聞いたりできない世界をカッパやウサギが知覚できるのなら、かれらに従ったほうがいい。どこか抜け出る道を知っているかもしれない。往本たちはいそいだ。カッパが再生する音を頼りにあとをたどった。動物たちのレプリカの山をぬうようにして洞窟をすすんでいくと、

「おっさん」

といってうみみずのレプリカが立ち止まった。往本はいっしゅん自分のことかとおもった。ほかにおっさんと呼ばれる性別のものはいない。

「ほんとだ、おっさんだ」

とレプリカじゃないほうのうみみずもいった。ふりかえって彼女たちの視線をたどると、たしかにおっさんだった。動物人形が堆積している山のなかに、おっさんの人形がまじっていた。

「工場長じゃないか」

往本はいった。工場長そっくりのおっさんだった。しかも裸だ。少なくとも動物人形の山からはみ出すようにして、ジャイアントパンダの上にあおむけになっている上半身はなにも着ていない。両腕をだらりと垂らし、首を曲げて寝転がっている。酔いつぶれて公園の芝生に体を投げ出して眠っている人みたいな格好だった。ただしメガネはかけていた。メガネのレンズがペンライトの光を反射させた。目は閉じられている。

うみみずは動物人形の山をせっせとのぼり、工場長の腕をつかんで引っぱり出そうとした。往本が彼女に、どうする気ときくと、生きてるかもしれないじゃんといった。

「でも、それ人形だろ」

と往本はいったが、

「でも生きてるかもしれないじゃん」

といってうみみずは工場長を引きずり出す。ライトに照らされ浮かびあがるその姿。往本も手伝った。実際のところ、そのレプリカは工場長そっくりだった。それ以前に、人間そっくりだ。人形とはおもえないくらいよくできているし、握った腕の感触もまた人間と変わりない。往本はこれが人形なのか、それともほんものの工場長なのかわからなくなってきた。

工場長の体は温かくもなく、冷たくもなかった。ようやく工場長のレプリカを平らな岩場に横たえることができた。全裸ではないが半裸だった。ほそい縞模様(しまもよう)のトランクスを一枚はいたきりだ。

うみみずがそばにかがみこみ、工場長の顔にペッとつばを吐きかけた。

「なにすんだよ」

と往本が彼女を見あげると、視線の下でなにやら動きだすのをかんじた。工場長のレプリカが首や肩をぎくしゃくさせて、ゆっくりと動きはじめていた。うみみずはいった。

「刺激が必要らしいね。水分が。ネムリユスリカの幼虫みたいなもんだよ。からからに乾いて死んでるみたいにみえるんだけど、死んでない。水をあたえるとちゃんと動きだすの。福袋のレプリカといっしょ。真空パックにくるまれているあいだは動かなかったけど、外気に触れたとたんに動きだしたじゃん」

　非常にぎこちないうごきだった。首から肩、そして腕へとうごきが伝わっていき、しだいにその生命を取りもどしていくかのようだった。まぶたを不規則にしばたたかせ、うめき声を漏らす。

「だいじょうぶですか」

　と往本はいってみたものの、どう対応していいかわからなかった。

　工場長のレプリカはしきりにくちびるを痙攣（けいれん）させ、声を発しようとしていた。半開きになった目はうつろだ。なにかいいたいのか、それとも苦しいだけなのか。するとレプリカのほうのうみみずが、ペッと工場長につばを吐いた。彼女はまるでいいことをしたみたいな顔をしていた。ほんもののうみみずの行為をまねして、学習しているのだろう。決してほめられたものではないと往本はおもったが、効果はあった。

　さっきよりも工場長のうごきが活発になった。長いこと洞窟に放置されていたのだろう。かれには水分が必要なのだ。かといって往本もいっしょにつばを吐きかける気にはなれなかった。ともあれ工場長の手足のうごきはばたばたと増大した。あと一息といったところだ。

「おしっこかけてみたら」

うみみずがいったが往本は、

「やだよ。できるわけないだろ」

と拒否した。

「うちは出ないな」

出るならやるのかと往本はため息をついた。工場長はうごきを活性化させたものの、どうも奇妙なうごきだった。左右の手足のばたつかせかたが、どうも人間のそれとはちがっていた。まるで胴体がちぎれてのたうち回る芋虫かなにかのように、全体的な統制がとれていなかった。軸となる神経がふっつりと切断されて、それぞれの四肢が脈絡なく暴れているようにみえた。

「だいじょうぶかな」

往本はつぶやいた。工場長は手足を突発的にくねらせながらも、その動きとは無関係に冷静でうつろな表情を往本に向けていた。そしてわなわなと口を開閉させ、かすれた声を漏らした。

「往本くんは……シロクマが好きかい……」

それをきいて往本ははっとした。この工場長はほんものの工場長なのだろうか。そうでなければ、自分のことを知っているはずがない。それにどうしてシロクマのことをきくんだ。偶然では説明がつかない。

「ほんものの工場長なんですか？」

暴れる手足に気をつけながら、往本はたずねた。

「わたしには、よくわからないな……」

と工場長はこたえた。その視線は寸分のぶれもなく往本の目を見つめていた。

四肢が激しく痙攣しはじめた。発作的ではあったが、全体に統一感があるぶん、得体の知れない気味の悪さは薄れた。だんだんと自分の身体感覚のようなものを取りもどしてきている兆候かもしれないと往本はあかるい気持ちになった。

だが、それもつかのまのことだった。痙攣が速く小刻みになればなるほど、工場長の顔色が悪化していくようにみえた。朦朧とした目つきになり、口も半開き。もはや声が意味をなす言葉にならない。

往本とうみみずは不安げな顔でのぞきこんだ。どうしてあげればよいのか見当もつかなかった。やがて臨界点がおとずれた。工場長の体の皮膚が加熱したチーズのように形を崩しはじめた。プラスチックやゴムを溶かしたようなにおいが立ちこめる。

往本が工場長の肩に手を触れたら、ぐにゃりと滑って往本の手形ができた。泥の表面についたクマのあしあとみたいに。

「なんだよこれ」
往本は独り言のようにいった。その声は震えていた。体が溶けていく工場長から目が離せなかった。うみみずもうみみずのレプリカもなにもいえずに立ちつくすだけだった。

このままでは工場長が溶けてなくなってしまうと往本はあせったが、それでもどうすることもできない。手を触れれば、形が崩れてしまう。水分をかけてみたところで、よけい悪化しそうだ。へたに試してみるなんていう勇気はなかった。

手をこまねいているあいだにも、工場長の体は溶けていく。はじめは臍や乳首が消えてなくなり、それから腕や足も真夏のアイスクリームみたいにはっきりとしない棒状の物体と化した。地面にとろけて、皮膚の色をした泥濘の溜まりを形成していく。やがては泥と区別がつかなくなるだろう。

目も鼻も口も、その名残をわずかにとどめているだけ。穴のあいた簡略化された顔。チーズでできたやわらかな埴輪のようだ。穴の位置の組み合わせで、かろうじて人間の顔だとわかる。溶けていくのを目にしていなかったら、目の錯覚で人の顔に見えているだけだとおもったかもしれない。消え去っていくパレイドリア効果。工場長らしさが残るものといえば、形を変えることなくずり落ちていく無機物のメガネだけだ。

あとはもうその原形をとどめていない。目の前にある黄褐色の泥溜まりが、かつて人間であったと想像できる人などいないだろう。ただのどろどろとした人間色の塊だ。

＊

三人は岩に腰をおろしていた。途方に暮れて、疲れてもいた。往本もうみみずも暗い顔をしていた。うみみずのレプリカはときおりペンライトをふって、洞窟をあちこち照らしていた。動物たちの堆積がただ静かにそこにあった。この人形たちは生きているのだろうか。ここは墓地なのか。死体安置所のようなものなのか。往本の頭にそんなかんがえが漠然と去来していた。

そこへ洞窟の奥からざわざわとした話し声がし、同時に幾筋もの光が乱雑に揺れうごくのが目に飛び込んできた。男の声と女たちの声。洞窟の壁に反響し、やたらと甲高くきこえる。男の声には聞きおぼえがあった。往本にもうみみずにも、すぐにわかった。粒山の声だ。粒山がおおぜいの女たちを引き連れてやってきたのだ。大きな懐中電灯を手にぶらさげているものもいた。

「うわ、なんですかこれは」

粒山がいった。女たちもライトの先に浮かびあがった動物人形たちの山を見て声をあげた。ライトのひとつが往本を直撃した。予想外の人間の姿に、女がわざとらしいような悲鳴をあげる。粒山もまた瞬間ぎょっとした顔を見せた。

「往本くんとうみみずさんじゃないですか」

驚きと薄ら笑いの中間みたいな表情で粒山は顔をゆがめた。つきあっている女たちと地下水路で逢い引きしていたのだった。こういうのはひとりひとり個別に誘うものじゃなかったのか。とはいえ彼女たちはまるで屈託がない。和気あいあいと楽しんでいるようすだ。粒山らしいといえば粒山らしいかんじがした。

「カッパじゃないよね？」

女のひとりが粒山に身を寄せてささやいた。この人が鰐田さんだろうかと往本はおもった。

「ちがいますよカバヨさん。さっきのはカッパでしたけどね。同僚の往本くんです。鮭パーティーのとき紹介したじゃないですか。それからとなりの彼女がうみみずさん」

鰐田カバヨというのか。往本は首をかしげた。いくらなんでもそれはないだろう。たぶん別人だ。というかそもそも鮭パーティーにいった記憶がないのだが。

「カッパ見たの？」

うみみずは岩に座ったまま顔をあげて粒山にたずねた。

「あれ、うみみずさん、双子だったんですか？」

と粒山がうみみずのレプリカに無遠慮に懐中電灯を向けて意外そうな顔をした。うみみずはめんどうくさそうに、

「ああそうだよ。カッパどこいったの？」

「なんだかウサギといっしょに楽しそうに向こうへ行きましたよ。ここはひとつ『鳥獣戯画』みたいに相撲でもとってやろうかと身構えたんですけど、相手にしてもらえませんでした」

「向こうって？」

今度は往本がきいた。

「秘密の出入り口です。いつもそこから地下に潜りこむんですよ。人気のスポットですからね。往本くんにはまだ教えてなかったはずなんですが。さてはぼくらのあとをつけてきましたね」

「たぶん別の入り口だとおもうけど」

粒山はとなりにいた首の短い女から小ぶりな包みを受け取り、ありがとうねといっ

て、串刺しになった団子を食べはじめた。

「ピクニックですよ。テストステロンがだだ漏れってかんじです。お団子食べますか。駅前で買ってきたんです。あ、うみみずさんは団子が嫌いなんでしたっけ。団子なんかよりも、そのへんに落ちてる錆びた空き缶が好きなんですよね？」

「食うよ」

といってうみみずは包みごと団子を奪うように取った。胡麻ダレがいいといって口にほおばり、往本にも差し出す。粒山はしきりに口をうごかして団子を咀嚼しながら、

「カッパってほんとうにいたんですね。往本くんも見たんですか？」

「うん。レコードもってかれた」

「あれって両生類なんですかね。それとも哺乳類ですかね。なんだかいったん陸にあがって人間ぽくなってはみたものの、やっぱり水にもどりたくなったみたいな。たとえていえば、クジラみたいなかんじですか？」

「そんなの知るわけないだろ」

と往本がこたえると、うみみずがかわりに、

「もどるとしてもそれなりに理由があってもどるもんだよ。クジラだって体が巨大化して陸上では脚で支えるのが困難になったから海にもどったとか、海にたくさん泳い

でいる魚をまとめて取って食べたほうがよさそうだとおもったからとか、いろんな説があるからね」

「じゃあ、カッパはキュウリが目的ですかね。でもキュウリは川にないですよねえ」

「どっちかっていうと川魚めあてじゃないの」

と往本はどうでもよさそうにいった。品質管理部にある動物図鑑にカッパは載っていない。集まっていた女たちは、動物人形の山に登ってけらけらとはしゃいでいた。

粒山は団子を食べおえると、ふと足もとに気づいた。

「なんです、このぬかるみは？」

「工場長」

うみみずがこたえた。

「は？」

「工場長が溶けた」

「ちょっとなにいってるかわからないですねえ」

どっちつかずの笑みを浮かべる粒山。ぬかるみから足を引き、岩場でサンダルの裏をこすりながら、

「お二人は――ていうか三人はなにしてたんです。やっぱり温泉目的ですか」

「温泉って？」

　と往本。そういえばまえにきいたような気もしたけど覚えていない。

「若返りの湯ですよ。なんだか街中に立ちこめる硫黄のにおいに誘われましてね。このあたりにあるはずなんです。それでみんなでいってみようって話になったんですよ。その湯につかれば、たちどころにお肌つやつやですよ。最高じゃないですか。とりあえずぼくはこのハゲを治そうとおもいましてね」

　といって粒山は薄い頭髪をなでつけ、うみみずに視線を投げた。なかなかストレートで挑発的といえなくもなかった。ひらきなおっているのかやけくそなのか。考えてみれば粒山というのも、怒っているのか怒っていないのかわからない顔だ。その点では、ナシエの不可解な表情と似ていなくもないと往本はおもった。

　うみみずはそんな粒山の頭には目もくれずに、

「出口探してるんだけど」

　といった。すると粒山は、

「秘密の出入り口のほうはあんまり教えたくないんですよねえ」

　と頼りないほほえみ顔。ほんとうの笑顔ではなく、意地悪な笑みのほうだろうと往本はおもったが、外見上はいつもと変わらない薄ら笑いだ。

「ガンジス川に流すよ」

うみみずがいらいらした声で粒山をにらんだ。粒山はそれでも表情を崩すことなく、

「どこだったかなあ。最近頭のなかがスイスチーズみたくなったような気分なんですよね。ほら、漫画なんかによく出てくる穴だらけのチーズですよ」

うみみずは舌打ちして立ちあがり、粒山の顔にペッとつばを吐きかけた。粒山は顔をしかめて手の甲でつばをぬぐった。

「なんですかもう、ひどいなあ」

穏やかに文句をいう粒山。

「ちょっと試してみただけ」

といってうみみずは、また腰をおろした。そのとき往本は気づいた。ひとりの女がほらあなの向こうから、こちらを見つめている。臙脂色のジャージを着た女。C＝22だ。このまえ部屋に連れ込まれたとき。あのときは結局どうなったのだったか。もみあいになったことまでは覚えていたが、その原因は覚えていない。それからどうしたのかも記憶にない。自分の頭もスイスチーズみたいになってしまったような気がした。

女はざらざらという鈍い金属音を立てながら、ゆっくりと近づいてきた。片手に鎌、もう片方の手には鎖の先についた分銅を揺らしている。C＝22の顔はきわめてニュー

トラルで、まっさらな表情だった。少なくとも怒りや憎悪(ぞうお)といった感情を読み取ることはできない。彼女は器用にスナップをきかせ、鎖のついた分銅を粒山に向かって投げた。

彼の背後から投げつけられた分銅はいきおいよくまわり、頑丈な鎖が手首に絡(から)みついた。持っていた懐中電灯が地面に落ちた。白い光線が洞窟内を乱雑に照らす。粒山は鎖に引っ張られ体のバランスを崩した。なにがおきたか理解できていないようすだった。よろめくようにC＝22のまえに引き寄せられる。それからあとは一瞬だった。粒山の首が肩の上からきれいに転げ落ちた。

とぼけたようないつもの表情には、なんの変化もなかった。それからおくれて、首のない体がばったりと地面にたおれた。往本は言葉を失った。うみみずも言葉を失った。うみみずのレプリカはその首に目を落としたままなにもいわない。間をおいて、事態に気づいた女たちが連鎖するように悲鳴をあげた。むやみに駆け出す女もいた。叫び続けたままへたりこむ女もいた。どうしようという女もいれば、おちついていという女もいた。携帯が通じないという女もいた。呆然(ぼうぜん)と立ちつくす女もいた。なにこれという女もいた。

C＝22は鎖鎌をしっかりと握りしめて立っていた。白い表情でまっすぐまえを見たまま、静かに立っていた。視線の先には往本の姿があったが、その目は遥か彼方へ突き抜けていた。

洞窟の奥から、たどたどしい足取りでやってきたものがいた。C＝22はすぐに気づいてふりかえった。

粒山だった。彼がよたよたとぎこちなく歩を進め、彼女に近づいてきた。首もある。体とつながっている。いつものふやけた笑みを浮かべている。なら、彼女の足もとに転がっている死体はだれなのか。

C＝22はためらうことなく、分銅を投げつけ、鎖で彼を絡みとった。粒山はにやにやしたままなすがまま。ぐらりと引き寄せられて、鎌でその首を切り落とされた。首は転げ、体はたおれる。

するとすぐにまたべつの粒山が奥から歩いてくる。それをC＝22は切り落とす。粒山の死体が三つになる。どれもおなじ顔でおなじ表情をしている。そして粒山は何度でも現れる。C＝22は何度でも粒山を殺す。

つぎつぎと現れつづける粒山たち。テレビゲームの雑魚キャラみたいにつぎつぎと薙ぎ倒されていく。たおれた死体はみな痙攣し、だらだらとその体を溶かしていく。地面には粒山色のぬかるみがゆっくりと広がっていった。

あぶくのような染みを残して消滅していく粒山たち。はじめから半分溶解した体で出てくる粒山もいた。首のあるべきところに腕が生えていたり、股のあいだに顔がついている粒山もいた。両腕の先が顔になっているのもいたし、顔から腕や脚をはやしているもののもいた。共通しているのは、それぞれのパーツの粒山らしさ。そして紛もない粒山のふやけた笑顔。

臙脂色のジャージに粒山のとろけた皮膚を浴びるC＝22。殺しても殺しても現れる粒山に彼女は息を切らしていた。彼女がシシュフォスだ。往本はそう直観した。永遠に粒山を殺し続けなければいけない。もはや彼女は粒山のぬかるみにまみれ、粒山の海におぼれかけていた。全身に粒山を浴びて、粒山に汚れていた。殺しているのは彼女だが、むしろ彼女のほうが無限の粒山に玩弄されているかのようだった。

ぬかるみは洞窟内に染み渡り、どろどろのチーズのようになって、間欠的に痙攣している。それは死体というよりも、原料のようにみえた。

「これって全部レプリカなのかな？」

うみみずが足もとに広がるぬかるみからサンダルを浮かしていった。

「最初の粒山はほんものらしくみえたんだけど」

と往本はいったが自信がない。もう最初に殺された粒山の死体も溶けてほかの死体といっしょになっている。例の話しぶりや記憶からすれば、いかにも本物らしくかんじられたのだけど、もうそれも自信がない。

「粒山が永遠に死なない……」

とC＝22はつぶやいていた。

きゅうにあたりに立ちこめる硫黄のにおいが強くなった。それがなにかの合図であるかのように、粒山の女たちがぎこちなく踊りはじめた。両手両足、腹、胸、腰、頭をそれぞれたがいちがいに左右にふっていた。ぷりんぷりん音頭だ。あるものはなりふり構わず、あるものはペアになって向き合い、あるものたちは円陣を組んで踊った。

呆然とそのようすをながめる往本とうみみず。レプリカのうみみずもながめ、C＝22は続出する奇形の粒山を殺す作業を続けていた。

女たちの音頭が最高潮に達すると、彼女らは無秩序に溶けていった。彼女たちの体は、ぼたぼたと。ぼたぼたぼたと。ぼたぼたぼたぼたとくずれおちた。

女色のぬかるみができ、すでに洞窟を支配していた粒山たちのぬかるみと入り混じる。地面はマーブル模様の泥濘と化した。懐中電灯がほうぼうに転がり光の線を交差させる。ぬかるみの流動的な色彩は、一九六七年のアメリカ西海岸で多用されたサイケデリックなポスターにも似ていた。

溶けて粘つく液体になっていく人々。溶けかけた腕や脚がゴムのようにぬかるみから突き出て空をつかもうとするが、それもたんなるどろどろの液体の海に沈みこんでいく。のこった粘着感だけが生物的な名残をとどめていた。

それならこれはみんな人形だったのか。そうかんがえるのは、どうしても難しかった。往本には感覚的に受け入れられなかった。

新しい粒山はもうやってこなかった。肩で息をしながら、手に鎌をぶら下げているC＝22の後ろ姿。彼女はほおに付着した粒山の液体をぬぐった。そしてぽつりと、

「ボクの自我はボクを殺すことを命じている」

といって自分の首を刎ね落とした。止める間もなかった。無表情な顔が粒山のぬかるみに転げ、粘着質の原料にまみれた。目を開いたままころがり、往本のほうを向いていた。彼女の体は溶けようとはしなかった。いつまでもそこにあった。そのことに往本はぞっとした。

うみみずはふいに立ちあがった。

「試してみる」

という彼女。レプリカのうみみずもいっしょに立ちあがった。どうするのと往本が二人を見あげると、

「ぷりんぷりん音頭してみる」

「え、溶けるかもしれないじゃん」

往本は不安になった。このうみみずがほんとうのうみみずで、レプリカのほうがレプリカであるという直感はあったが、ここでおきている現状からすれば、それも保証はない。

「でも確かめてみないと」

「なぜわざわざそんな危険なことをするんだ」

「危険かどうかはわからないでしょ。はっきりさせないと気が済まないよね」

「そんな必要あるのかな」

「気にしすぎだよ」

この状況で気にしすぎなんてことはない。むしろ気にしているのはうみみずのほうじゃないのか。みんな溶けて死んでいるというのに。

うみみずは往本が引き留めようとするのにもかまわず、ぷりんぷりんをはじめた。全身を不規則にじたばたと痙攣させるさまは、なんの統一感もなく、とても音頭にはみえない。野性的なうごきというにはあまりに不自然だし、かといって人間的なものともおもえない。だがそれこそがぷりんぷりん音頭の特徴だった。うみみずのレプリカもつられて体を痙攣させる。痙攣は激しくなり、やがて全身のパーツが連関なく自律的に蠕動する別個の生き物のようになった。ふたりとも口からよだれが垂れていた。

「やめろよ」

といって往本がうみみずの腕を強引につかんだときには遅かった。その腕はとろけるチーズのように伸び、だらりと肘のところでちぎれた。糸を引いている。往本は胸が冷たくなった。

彼女の顔は半分ゆがんで溶け、しずくがだらりと垂れ下がっていた。口の形も鼻の形ももはやあいまいだ。往本がつかんだ腕は、その手のなかでぐんにゃりと張りを失い、ぼたぼた地面に落ちた。

おなじだ。工場長の時とおなじ。なにもなすすべがない。もう手遅れだ。

「ほんものじゃなかったんだ」

うみみずは上唇と下唇のあいだに幾筋もの糸を引かせながら、声帯のねじれた声でいった。往本は顔が青ざめていた。体が溶けたからといって、それがほんものではないという証明になるのだろうか。自分にとっては、彼女はたしかにほんものだった。そのはずだったし、いまもそうとしかおもえない。彼女が溶けていくのがこわかった。溶けていくのが悲しかった。

「やめろっていったのに」

力のない声が往本の口から漏れた。こんなことをしてなんになるっていうんだ。うみみずにその声がきこえたかどうかは、もうわからない。彼女の耳はだらりと地面に落ちていた。

うみみずの体がうみみずでできたぬかるみに沈みこんでいく。どろどろになって左半分を沈ませた顔。往本はどうにかして彼女の形をとどめようと、残された原形を両手で大事そうにすくい取ろうとしたが、どれも指のあいだからぬらりとこぼれ落ちていく。生あたたかかった。その体温だけが、うみみずが最後に残した記憶だった。往本の手は震えていた。

うみみずのレプリカは踊りをやめていた。彼女は溶けなかった。ぬかるみにひざまずいている往本のそばに立ち、静かな顔で見おろしていた。その視線に気づき、手から液体状になったうみみずをしたたらせたまま、レプリカの彼女を見あげる往本。

「なんで?」

彼女はきょとんとした顔でこたえた。

「えらいすんまへんな」

もの憂げな声だった。正しいのか正しくないのかよくわからない関西弁だ。

＊

硫黄のにおいはいつのまにか消えていた。人間が溶けたにおいでいっぱいだった。人間のにおいでかき消されたのだ。それが人間の溶けたにおいなのかどうか、往本は知らない。ただ目の前で視たことと嗅覚を結びつければ、人間の溶けたにおいなのだろうと推測できるというだけのことだ。みんなといっしょに溶けてしまいたかった。どうせそのうちオノゴロ島でもできるんじゃないのかなんていう連想をしたら気が滅入った。

往本もうみみずのレプリカも、なにもいわず、洞窟にひろがったぬかるみに目を落としていた。どのくらいそうしていたかわからない。ふと視界の隅に、うごくものがあった。なんの感慨もなく顔をあげると、シロクマだった。

シロクマは「アール！」と叫び、レプリカのうみみずに前足をふりおろした。後頭部に直撃を食らったうみみずはなにがおきたかよくわからないまままたおれ、人間色のぬかるみに突っ伏した。彼女の頭から血が流れ出た。赤い血だ。赤黒い血液。床屋さんみたいではない。レプリカらしくもない。人間の血。ぬかるみに顔を突っ込んだままうごかなくなった。ペンライトがおちて、シロクマの足もとを照らす。

往本は彼女を抱えあげた。顔は泥濘で汚れ、頭から血が流れ落ちる。はやい速度でしたたり落ちる。眠っているみたいに静かに目を閉じていた。息をしていない。

シロクマは往本を見て、また叫んだ。その声は洞窟の奥のほうまで木霊していった。往本はゆっくりと立ちあがり、シロクマに向き直った。

接近してくるシロクマをぎりぎりまで引き寄せ、おもいっきり拳骨をその白い腹にめりこませた。殴ったという手応えはあった。だが効果があったという感覚はまるでなかった。シロクマは痛がるようすもなく、

「アール！」

と大声をあげただけだった。そして、鋭い爪のならんだ前足をふりあげた。往本にはその黒い肉球がみえた。もう死ぬのだなとおもうと、なんだか気が休まった。すっかり疲れていた。死ぬなら死ぬでいいという気がした。

そのとき洞窟内部の岩に反響して、不思議な弦楽器の旋律がきこえた。その音は洞窟の奥から漂ってきた。カッパだ。頭のうえでまわるレコード。いつものように指先の針でその溝をなぞり、あいた手にレコードジャケットを抱えていた。

あいまいだが緻密。そして抒情的。それでいてわざとらしいところがない。つめた

くて、あたたかくて、やさしくて、やわらかい。そんな旋律の多層なつらなり。洞窟内の反響がそれをより重層的にしていたのかもしれない。響きそのものが美しいと往本はおもった。だれにこんな音楽が創造できるだろう。

近頃は音楽ときけば、だれもが無条件で踊り出す。だが、踊るものはいなかった。シロクマは踊らなかった。うみみずのレプリカも踊らなかった。彼女は死んでいる。往本も踊らない。往本は踊りが苦手だ。

カッパが持っていたレコードジャケットには、黄金色の衣のようなものをまとって恍惚（こうこつ）の接吻（せっぷん）をしている男女の姿が描かれていた。この絵なら見た記憶がある。クリムトの絵だ。

往本はジャケットをひっくりかえし、裏面のクレジットを見た。シェーンベルクの「浄夜」という曲だ。浄（きよ）められた夜。一九七七年。ピエール・ブレーズ指揮、ニューヨーク・フィルハーモニックの弦楽オーケストラ。こんなレコード、持っていたことをすっかり忘れていた。

音に耳をかたむけているうちに、往本は奇妙な感覚に襲われた。踊ってもいないのに体が溶けていくような感覚だった。だがそれは錯覚だったようだ。実際に溶けたのはそばに立っていたシロクマのほうだった。春先の雪だるまのような溶けかたとはちがう。夏の日のバニラアイスみたいに溶けていた。レコードの演奏もゆがんで溶けていく。音楽が空気のなかへ溶けていく。そうして音がやんだ。シロクマ色の白。カッパの色の緑。レコードの黒。CBS・ソニーの白と青のレーベル。うみみずのレプリカもぬかるみのなかでその体を溶かしていた。作業着や人間のかたちをあとに残して。カフェラテだ。みんな二次元的な図像と化していた。よく見れば、そんな模様が粘土質のタペストリーのように、洞窟いちめんにちりばめられていた。にじんでうるんだもようたち。抽象化された無数のイメージ。

なんだか自分のからだの調子がへんだと往本はかんじた。やっぱりみんなと同じように溶けかかっているのではないだろうか。自分だけが溶けない理由はおもいあたらない。

＊

尾てい骨のあたりが溶けていくような感覚がして、往本はドッペルゲンガーを見た。まえに見た自分以外のあの自分。往本とおなじ顔をして往本を見ていた。あたりは静かな乳白色の地層だ。光源がないのに明るかった。地面はこまかい白砂で覆われている。匂いはしない。風もない。空気は澄んでいた。天井は高く、白い地層がうねるように交差して視界を遮り、空もなにも見えなかった。

「やっぱりおれは死んだのか」

頭のなかでいったつもりだったが、口をついて出ていた。分身の反応はない。往本は見あげるのをやめ、もうひとりの自分にたずねた。

「おまえはおれの複製なのか」

分身は往本を一瞥してから足もとの砂に目を落とし無表情にこたえた。

「MK部で品質管理の仕事をしている。複製かどうかはわからないよ。そんなのだれにもわからない。しょせんみんなコピーみたいなものだし。これ、なんの化石だろうね？」

分身はそばにそびえる断崖の表面をさわった。とてもなめらかそうだった。分身にいわれて気づいた。乳白色の地層だとおもったものは、とほうもなく大きな生き物の化石だった。クジラよりも恐竜よりもはるかに大きい。もしそんな大きな生物がいたとして、人間はその存在を把握できるだろうかと往本はおもった。この大きさに比べたら人間なんてアリみたいなものじゃないか。分身は言葉を続けた。

「仮に自分が偽物だとして、それは自覚できるものなのかな。自我ってなに。そんなの存在するの。それが自我だとどう証明するの」

いいながらも彼はちっとも目をあわせようとはしない。巨大な骨をなでたり、地面の砂を蹴ったりしている。

「人間が動物であるように、動物も植物も生物。生物は物体。ぜんぶ物質でできている。人間だって物体だ。意識をもつかもたないか、境目はない。複雑な器官で構成されているからなんて、なんの理由にもならない。主観的なおもいこみ。物体に意識があってもおかしくはない。意識があるように見えないからといって、意識がないとはいえない。人間の感覚では感知できないだけ。人間の体を構成している元素。酸素、炭素、水素、窒素、カルシウム、リン。特別なものなんてなにもない。ただの組み合わせ。宇宙が誕生したときに水素とヘリウムがつくられ、恒星の核融合反応で炭素や酸素が発生する。そして超新星爆発や中性子星同士の衝突によって鉄よりも重い元素が生成される。それらが組み合わさってできる有機化合物だって、星が誕生する現場でメチルアミンが発見されている。二酸化炭素と反応することでアミノ酸のひとつ、グリシンになるんだ。生命はどこからともなくわいてきたわけじゃない。物質から生まれた。生物も無生物も祖先はいっしょ。どうして区別する必要があるのかな。パンスペルミア説を唱えてみても意味はないよ。生命が地球で発生したのではなく、宇宙からもたらされたものだといってみてもおなじこと。たとえ宇宙的に膨大な時間の猶予があったところで、いつどこでどうやって発生したのかは結局説明できない。たとえば有機的なものと無機的なものの橋渡しをする結晶。結晶は規則的で幾何学的な模様を自然発生的に作り出していく。その形状はさまざまだ。まるで遺伝子のようにそのパターンを変化させ複雑に成長していく。環境に応じて、それに適した形状を増殖させることもできる。ただのガラス容器のようなものなのに。あるいはこれを鋳型として、生命が発生したという可能性もかんがえられる。結晶の鋳型が先にできていて、そこに原料が流し込まれたのだと仮定したら。工場の金型でやっていることとおなじことが、太古の昔に行われていたなら。天然の無機物である鉱物が生命を製造する工場だったということになるわけだ。なにもそんなにおかしな話じゃないよ。生きとし生けるもの、人間や動物ばかりではなく、草木や土石にも仏性があると昔からいわれているわけだし。ほんとうは人間は物質をおそれているんだね。なぜ神の偶像を崇めるのか。あるいは、なぜ神の偶像を破壊するのか。肯定派にせよ否定派にせよ、そこになにか特別なものが宿っていることをかんじているからだよ。じゃなきゃわざわざそんなことはしないだろ。その偶像はなにでできているのか。ただの石のかたまりだ。

無生物に生命を見いだすのは、非常に古典的な概念なんだよ。人間は特別な存在ではない。数でいえば、太古の昔から現在まで、地球を支配しているのは昆虫だ。その圧倒的な個体数と適応能力。両生類が上陸するはるか以前から地上に暮らしていたんだから。あるいは寿命の点からいえば、ゾウガメは人間よりも長生きだ。それにカリフォルニア州の砂漠デスバレーでは、三万四千年前の単細胞の微生物が生きたまま発見された。脳の複雑さなんてなんの意味もない。脳のサイズと知性は比例しないよ。猿よりも犬のほうが利口なのは研究で明らかになっているからね。とくに意思の疎通、感情表現、共感能力において、霊長類よりすぐれている。犬のほうがはるかに社会的で、相手の気持ちを汲み取る能力に長けていたんだ。猿みたいに利己的でも自分本位でもない。それにしてもそんなチンパンジーが人間の最近縁種だっていうんだから皮肉なものだね。きっと強欲で傲慢だったから貪欲に進化する必要があったのかもね。それが進化といっていいものかどうかはあやしいところだけど」

えんえんと話しつづける往本の分身。黙ってきいていた往本が口をひらいた。

「ＭＫ部ってなんなんだ？」

分身は往本がそこにいたことすら忘れていたみたいな表情で顔をあげた。

「きみたち人工生命を製造管理する工場の一部門だよ」

「おれが人工的につくられた工業製品だっていうのか」

「なんだとおもってたんだ。まだわからないのか。人工生命。オーガニックマシーン。アーティフィシャル・ビーイング。アーティフィシャル・アトミスティーク。原子の組みあわせでできた運動体。どう呼んだってかまわないよ。驚くようなことじゃない。べつにこの工場が特別なわけでもないし。どこでもやってることだ。きみたちが特殊な例ってわけでもない。人間本意の視点からすれば、むしろ人道的だろ。効率性がなによりも優先される世界だし。役に立つか立たないか。それだけが唯一の基準だ。きみがMK部の存在に気づいたことでさえ、ほんの些細なエラーにすぎないんだ。ちょっとしたバグ。すぐにつぶされる。なにごともなかったかのようにね。実際なんてことないんだ。もっといえばエラーというほどのものでもない。あらかじめ予測されていたこと。品質管理をしてたならそれくらい理解できるだろ。失敗がゼロになることはあり得ないんだよ。毎日おきてるよ。毎日毎日こんな処理ばかりだ。仕事だからしかたないけど」

往本はしゃべり続ける分身を見てつぶやくようにいった。

「おまえのいってることはなんの説得力もない。話に整合性もない。つっこみどころが満載だ。バカバカしくてまともにきいてられない」

するとと分身はいった。

「そりゃもっと巨視的な視点から見ないとわかるわけないだろ。われわれだってすべてを把握しているわけじゃないからな。どうしたって知り得ないことになってるんだ。これはおれの推測だが、入れ子構造になっているんだ。われわれもまたきみたちと同じように、だれかに製造されコントロールされた運動体にすぎないってね。われわれを操作している連中も、またなにかに製造された運動体なのかもしれないが。そういった次元が、いくつもの層をなしているんだ。それはおれやおまえが認識できないくらいに無限の階層になっているんだ。おれだっておまえらの品質を管理する、いち作業員にすぎないんだからな」

「おまえは病気だ」と往本はいった。

すると分身は鼻歌をうたうように、

「どんうぉーりーべーびー」

と口ずさんだ。それからすぐに、

「びーまーい、びまいべーびー」

とつづけて口ずさんだ。そしてうたうのをやめ、

「さて。どっちがオリジナルだろうな。結論からいえば、どっちもオリジナルだよな。

オリジナルってなんなんだろうな」

ひとつはビーチ・ボーイズの「ドント・ウォーリー・ベイビー」で、もうひとつはロネッツの「ビー・マイ・ベイビー」だ。前者が一九六四年の曲で、後者が一九六三年。ビーチ・ボーイズのリーダーであるブライアン・ウィルソンは、フィル・スペクターを敬愛していた。そのフィル・スペクターがプロデュースしたロネッツの「ビー・マイ・ベイビー」に衝撃を受け、ぜひともロネッツにうたってもらいたいとおもい、「ドント・ウォーリー・ベイビー」をつくったのだ。その願いがかなうのは、三十年以上もあとのことになる。

「それはわざと似せてつくったんだから当然だろ」

と往本はこたえた。分身は満足そうな笑みをうっすらと浮かべ、

「そう。わざとまねしたんだ。模倣したんだ。あのブライアン・ウィルソンでさえね。あえてすでに存在する類型的な型にはまる。けっきょく人間はコピーとしてしか生きられないんじゃないかな。自分独自のものなんてないんだ。みんな借り物。独自の記憶なんてありゃしない。自動的で予定調和的」

分身はつまらなそうに砂のうえに腰をおろした。あぐらをかいて手で砂をもてあそぶ。そして独り言のようにいった。

「なにもかも、ただの幻想じゃないか」

往本は自分の記憶をたぐりよせた。粒山もうみみずも洞窟の底で溶けてしまった。工場長もシロクマも、粒山が連れた女たちも、C＝22も、みんなみんな溶けてしまった。そして――。そして地上では太陽が死んだ。あれからどうなったのかは知らない。街は暗闇になり、泥や異物でおおわれた。そのことをおもいだした。

「あんな騒ぎがおきても、なんでもないっていえるのか。みんな死んだんだぞ。たとえおれたちが分身だったとしても、こんなことがゆるされるわけないだろ。この工場をきっかけに、世界中で暴動がおきてもおかしくない」

と往本はいったが、分身は気にもとめなかった。

「どうせすぐに忘れるよ。みんなあきっぽいから。事件も事故もただの娯楽。一週間もしないうちに人びとの記憶から消えていくよ。記憶なんてそんなもん。昨日みたニュースだって、だれもおぼえていやしない。つぎからつぎへと最新のニュースがあたえられつづけるから。最新情報ってやつを消化するだけで手一杯だよ。昨日の事件も明日にはあとかたもなくなってる。あっというまに大量の情報の渦に飲みこまれる。そのくりかえし。記憶は日々入れ替えられて更新されていくんだ。体内の物質みたいにね。みんなそうして生きて、死んでいく。なにもわからないまま。すべて忘れて死んでいくんだ。むしろ物質のほうが、しっかり記憶しているくらいだよ。もちろんそれだって永遠というわけではないけど。すくなくとも人間よりはずっと長く記憶している。コンピュータの話じゃないよ。もっといくらでもある、ごくふつうのありふれた物体だ。化石を見れば意味がわかるだろ。こいつは何億年もの過去を記憶している」

といって分身は乳白色の巨大な骨の柱を見あげた。

「それに過去を記憶しているのは化石だけじゃない。おまえが植木鉢をわったら、その植木鉢はわれれた姿をとどめて、おまえがわったという事実を記憶しているんだ」

往本はその言葉を遮った。

「それは記憶じゃなくて記録だろ」

分身は往本を見た。砂にあぐらをかいたまま、往本をじっと見つめていった。

「なにがちがうんだ。おまえらの頭のなかにある曖昧な記録こそが、おまえのいう記憶のもとになってるんだろ。記録も記憶もおなじことだ」

「ちがうね。記録はそれをみるものが存在しなければ、なんの意味もない」

と往本は反論したが、

「典型的な人間中心主義だな。まるで自分たちの意識というものがなければ、世界も存在しないみたいな言い草だ。そもそもおまえのいう意識っていうやつは、世界のなかに存在しているものだろ。世界がなかったら存在すらできないはずだ。まるで順序がひっくり返ってる。ばかげた屁理屈だよ。お遊びの思考実験をむりやり世界に適用して、現実を自分に都合よくねじ曲げるのはよせ。世界をよく見ろ。おまえはありとあらゆる偏見でがんじがらめにされている。自分でそうしたんだ。自分のくだらない自尊心を守るためだけにな。そんなことにも気づかないのか」

「でも、最後にものをいうのは記憶だ。それがなかったら朝日が覚めたとき、自分がだれだかわからないだろ」

という往本に分身は疲れたような顔を見せ、

「そう、だけど……記憶がない、ということすら記憶になかったとしたら？」

そのときの往本には、それが意味するほんとうのことが、実際どういうことなのか、まだわからなかった。そしてたぶん永遠にわからないまま彼は死ぬのだろう。往本は分身とおなじく疲れた顔をしていた。彼は分身のそばにつっ立ったまま、大きくため息をつき、それから静かに声をかけた。

「おまえさ」

「なに」

「なにか気づかないか」

「なにが」

「こんなくだらない話、どうだっていいんだよ。さっきから、おれたち、これっぽっちも、話がかみあってないぞ？」

といって往本は分身の顔をうえから覗きこむ。分身は意外そうな顔で往本を見あげてこたえた。

「それはそっちの問題じゃないか」

「そんなのおれが知るかよ」

というと往本は分身の顔にペッとつばを吐きかけた。うみみずやうみみずのレプリカみたいに。みょうな気分だった。分身の顔につばを吐きかけるのは。

鏡に向かってつばを吐くのとはちがう。天に向かってつばを吐くのともぜんぜんちがう。そしてきっと、双子の兄弟に向かってつばを吐くのともちがうだろう。それは自分の顔につばを吐くのといっしょだ。そんなことはだれにも不可能だが。だがまさに往本はそんな気分を味わった。

分身の顔が溶けた。つばのかかった左側がだらりと崩れ落ちた。その表情はまるで変わらない。なにもおきていないみたいな目で往本を見つめていた。

「おい、だいじょうぶか？」

往本はいった。かがんで分身の顔を見た。分身の顔がゆっくりと崩れていく。こんなつもりではなかった。なぜだかわからないが溶けるとはおもっていなかったのだ。

往本の分身はもうそれいじょう口をきくことはなかった。話すつもりもないようだった。もともとなにも話すことなどなかった。往本だってそうだ。自分の分身に会ったところで、なにを話せというのだろう。話したいことがある人などいない。こんなやくたいもないことでも話すほか、どうすることもできない。久しぶりに再会した兄弟みたいに。

なんだか尾てい骨のあたりがむずむずした。体が溶ける兆候かもしれないと往本はおもった。そういえばカエルにはしっぽがない。しっぽのない生き物ってほかにどんなのがいただろうか。そんなどうでもいいことが頭のかたすみでうずまいた。

往本の分身はもう体が溶けていた。往本のほうも溶けはじめているような感覚がした。やがて分身は形をうしなった。白い砂のうえにどろどろの泥たまりができた。最後に残った左手が宙をつかむように痙攣した。往本は手をさしのべた。分身はその手をつかんだ。

分身の手は黄褐色のアイスクリームみたいだった。往本の手に奇妙な蠕動が伝わった。そして往本の全身をかけめぐった。往本は頭のてっぺんまで体が痺れるのをかんじた。自分の意志ではどうすることもできない。天気のいい日に、粒山が水路で鮭を捕まえながら踊ったぷりんぷりん音頭といっしょだ。流れに身をまかせるようにして、体をふるわせるほかなかった。不可抗力。なんだ。結局みんな溶けておしまいか。つまらない。おもしろくもない。とうとう往本の体も砂のうえに、やわらかなクリームのように溶け落ちていった。

＊

往本は湯船につかりながらうとうとしていた。湯煙がぼんやりとただよっている。ちょうどよい湯加減だった。カエルみたいな顔をした注ぎ口から、温泉の湯が音を立ててあふれている。そのさきで男がこちらをのぞき込んでいるのが目に入った。男は湯のなかに座って往本を見ている。

「あ、気がつきましたか」

その声で粒山とわかった。湯煙をかきわけるようにして、すうとそばへ近づいてきた。

往本はあらためてあたりのようすを見まわした。なんの飾り気もない温泉だ。温泉というより、そこらにある銭湯といったほうが近い。かといって壁に銭湯くさい絵が描かれているでもない。ただとても広かった。立ちこめる湯煙。中央に大きな柱があり、全体を見渡すことはできない。

「ぷりんぷりん温泉です」

と粒山はいった。湯をしたたらせた笑みが目の前にあった。

「若返りの湯だっけ」

往本はいった。少し声がのどに引っかかるような抵抗をかんじた。ひさしぶりに人と話したみたいな感覚だった。

「ベナレスです。黄泉（よみ）がえりの湯なんていう人もいますけどね」

粒山はいつもとかわらない声をしていた。

「だったら蘇生（そせい）したってことか」

と往本は独り言のようにいった。

「なんだか生きかえったような心地ですよね。すごく気持ちがいいです」

のびのびと四肢を伸ばす粒山。

往本はまだ頭がぼんやりしていた。記憶はある。温泉にきた記憶はなかったけれど、それよりまえの記憶は残っている。往本はたしかめるように自分のぬれた手のひらに視線を落とした。

そうはいっても、記憶なんていうものがどれくらいあてになるのだろう。なにもかもあとから植えつけられた記憶なのかもしれないのだから——。いや、まだ少し混乱しているだけだろう。なんてことはない。おれは生きかえったのではない。もちろん製造されたのでもない。粒山がいうように、生きかえったような心地になっているだけだ。温泉ならそんな気分になるのはあたりまえのことだ。

「うみみずさんは？」

と往本はたずねた。すると粒山はいつもの笑みで、

「やだなあ。ここは男湯ですよ」

「そうか」

あたりまえのことだった。粒山の禿（はげ）はなおっていない。往本はふと違和感をかんじて、自分の頭に手をやった。髪の毛がやたらふさふさになっていた。ただふさふさというだけではない。ふさふさのアフロになっていた。なんだこれ。しばらく髪を切りにいかないうちにこんなに伸び放題になっていたのか。往本はまあいいやと視線を遠くへ向け、ゆったりと湯船につかった。

大きなカエルの口からはきだされる大量のお湯。その水の音が往本の耳に心地よかった。カエルはまだ絶滅していない。過去に八度もおきた大量絶滅を生きのびてきたのだ。脊椎(せきつい)動物亜門・両生綱・無尾目。カエルは二億年以上もまえからその姿を変化させていない。その事実こそが、カエルが進化的設計の頂点に位置する存在だということを証明していた。かれらが生きているあいだは、まだだいじょうぶかもしれない。そんなことを往本はおもった。

＊

それからまたあいかわらずの工場労働がはじまった。入り口の鉄柵(てっさく)に鎖はかけられていない。工場の周囲をとりまく用水路もきれいに澄んだ水が流れ、夏の終わりの太陽を白く反射させていた。

ＭＫ部は閉鎖されていた。その痕跡(こんせき)すら見あたらない。資材倉庫も出荷倉庫もくまなく調べてみたけど、地下へ降りる階段も、隠された扉もついに見つけることはできなかった。

それならそれでべつにいい。往本は興味を失っていた。用水路から通じる入り口をさがす気にもなれない。工場長だって帰っていない。いつ帰ってくるかわかったものではない。そのころには、工場長の顔なんて忘れているだろう。

それになにより例の部長はもういない。どうせ出張か休暇だ。シベリアか、それともアラスカにでも行ったにちがいない。空調は節電でまた設定温度が高くなっていた。とにかくシロクマの姿はもうどこにもなかった。それでなんの問題もない。

ちかごろでは自分の分身すら見かけない。それらはみな――シロクマも工場長も自分の分身も――自分が見ていないというだけで、もしかしたら今も工場のどこかで行きちがいになっているだけなのかもしれない。それでもずっとそのまま行きちがいのままでいられるなら、それに越したことはない。それぞれがかってに生きていればいい。それだけのことだ。

粒山は毎週女たちを連れて水路で釣りをしているし、うみみずもふつうに生きている。資材を運び、からっぽになった台車を押して、ちょうど今向こうの角を曲がってきたところだ。なんだかすこしつまらなそうな顔をしている。品質管理部まえの廊下で往本に気づくと、うみみずは視線で往本とあいさつをかわし立ち止まった。そして小さくため息をもらし、

「コーヒー牛乳買おうとしたのに、ポケットに砂しか入ってなかった」

といった。

「なにそれ」

と往本がいうと、彼女はほらといって作業着のポケットに手をつっこみ、さらさらとこまかい砂を出してみせた。うみみずの指のあいだからこぼれ落ちる砂は、白くまぶしかった。まるで砂時計に入っている砂のようにきれいで粒がそろっていた。手のひらの汗にこまかな砂粒が残った。それからうみみずはちょっとおもいだしたみたいに、

「アイスクリームたべにいこう」

といった。

「帰りに？」

と往本はたずねた。

「帰りでもいいし、今でもいいし。とりあえず今日」

とこたえ、うみみずは軽く音頭のような踊りを踊った。それがぷりんぷりん音頭なのかどうか、往本にはわからない。実際のところ、ぷりんぷりん音頭がどういうものなのか、わかったためしはないのだ。ただの雰囲気的なもの。無意識的なもの。ちょっとしたあいさつ代わり。工場のあちこちでおどっている人を見かけた。往本はやっ

たことがない。

＊

深夜、品質管理部で往本は残業をしていた。工場に残っているものはほかにいない。成型機やＮＣ工作機の稼働する音が構内に響いている。

往本は覗きこんでいたパレットから顔をあげた。正面のガラスの戸棚に自分の顔が反射していた。ぼさぼさにのびた髪が無理やり作業帽の下におしこめられている。

検査の結果は合成だった。つまり天然ではない。人工の素材。作り物。まがい物。工業製品。工場ではそれが正常な結果だ。ただそれが自分の髪の毛となると話はべつだ。銭湯べナレスにはいってから、気づかぬうちにこんなに毛がのびていたのからしておかしいとはかんじていた。

しかし、だからといってこの毛が合成繊維だというのもおかしな話だ。顕微鏡で拡大しても表面にキューティクルが確認できない。毛根はあるが、それが人工的な被毛処置を施した際にできる跡と区別がつかなかった。何本も試したが、どれも均一の太さと色をしているのも不自然だ。

最終的には試験薬に浸して成分検査までした。天然の毛髪であれば色が抜けていくはずだが、いつまでたっても変化は見られなかった。新しく頭から抜いた毛でもおなじだ。抜いたときに痛みをかんじた。たしかにかんじた。一箇所だけではなく、あちこちからまんべんなく抜いた毛を使った。頭髪以外の体毛も使った。どれも検査の結果は合成繊維であることを示していた。

それなら自分は工場で製造されたコピーなのか。PB202MやSL404F、あるいは——もしそれがほんとうに実在するのなら——C=22のような、工業製品のひとつなのか。何度試してみても結果はおなじだった。

粒山の髪の毛でも試した。それからうみみずの髪の毛でも試してみた。休憩中に脱いだ作業帽や、肩に落ちたものなどを注意深く採取した。顕微鏡で何度も確認した。パレットで試験薬に浸した髪も、その色を変えなかった。溶解していく気配もない。形状を変えることもない。五分もあればじゅうぶんだ。天然なら色が落ち、最後には試験薬に溶けてしまうはずだった。十分待っても、二十分待っても、なんの変化もない。なにも変わらず髪の毛はパレットに浮いていた。結果は合成繊維であることを証明していた。

かんがえられるのはひとつだ。透明な試験薬の入った壜に目を落とした。往本はその薬品を疑った。

なにかみょうな仕掛けがほどこされているにちがいない。たちの悪いいたずらだ。顕微鏡のレンズもあやしい。だれがこんなことをしたのか。おれのドッペルゲンガーが知らないうちにレンズに細工をし、薬を入れ替えたのかもしれない。そうでなければシロクマか、あるいは工場長か。もしかしたらシベリア軍のスパイが潜入している可能性だってある。だれのしわざかつきとめてやろう。往本は腕組みしてイスの背にもたれかかった。そして検査薬そのものを検査する方法をかんがえた。だが、そんな記憶もすぐにどこかへ消えていくのだ。記憶はすこしずつすこしずつ、脱落していく。それはじょじょにうしなわれ、あたかも細胞のように入れ替わっていく。夜はとっくに更けていた。品質管理室の外では、工場の機械が絶え間なく稼働している音が響いていた。

参考文献

『デキのいい犬、わるい犬』　スタンレー・コレン　木村博江訳　（文春文庫）
『世界の名著29　ヴォルテール　ディドロ　ダランベール』（中央公論社）
『現代日本文学館20　芥川龍之介』　小林秀雄編　（文藝春秋）
『黒猫・モルグ街の殺人事件　他五篇』　ポオ　中野好夫訳　（岩波文庫）
『悪魔物語・運命の卵』　ブルガーコフ　水野忠夫訳　（岩波文庫）
『落語百選　冬』　麻生芳伸編　（ちくま文庫）
『ちくま日本文学全集36　中島敦』　（筑摩書房）
『パーマン』　藤子・F・不二雄　（小学館）
『幻想物語の文法』　私市保彦　（ちくま学芸文庫）
『世界の名著27　デカルト』　（中央公論社）
『細野晴臣　THE ENDLESS TALKING』　北中正和編　（筑摩書房）
『わらの犬』　ジョン・グレイ　池央耿訳　（みすず書房）
『生物から見た世界』　ユクスキュル、クリサート　日高敏隆、羽田節子訳　（岩波文庫）
『機械の中の幽霊』　アーサー・ケストラー　日高敏隆、長野敬訳　（ちくま学芸文庫）
『世界の文学53　イギリス名作集・アメリカ名作集』　マーク・トウェイン他、野崎孝他訳
（中央公論社）

『アメリカ・インディアンの書物よりも賢い言葉』　エリコ・ロウ（扶桑社文庫）
『アメリカ先住民の精神世界』　阿部珠理（ＮＨＫブックス）
『天動説の絵本』　安野光雅（福音館書店）
『ホテル・ニューハンプシャー』　ジョン・アーヴィング　中野圭二訳（新潮文庫）
『世界の文学36　リルケ』（中央公論社）
『ギリシャ神話』　山室静（現代教養文庫）
『キャッチ＝22』　ジョーゼフ・ヘラー　飛田茂雄訳（ハヤカワ文庫）
『世界の名著65　現代の科学Ⅰ』（中央公論社）
『世界の名著66　現代の科学Ⅱ』（中央公論社）
『ゴーレム』　グスタフ・マイリンク　今村孝訳（白水ｕブックス）
『レコードカッパ』　小澤一雄（ポトス出版）
『バムとケロのにちようび』　島田ゆか（文溪堂）
『幻獣の話』　池内紀（講談社現代新書）
『決定版　日本の民話事典』　日本民話の会編（講談社＋α文庫）
『スノードーム』　アレックス・シアラー　石田文子訳（求龍堂）
『第三の警官』　フラン・オブライエン　大澤正佳訳（白水ｕブックス）
『ちくま日本文学全集5　内田百閒』（筑摩書房）
『坑夫』　夏目漱石（新潮文庫）
『僕らは星のかけら』　マーカス・チャウン　糸川洋訳（ソフトバンク文庫）

『シークレット・ライフ』　ライアル・ワトソン　内田美恵訳　（ちくま文庫）
『月曜日は土曜日に始まる』　A&B・ストルガツキイ　深見弾訳　（群像社）
『動物の世界』　全四十一巻　今泉吉典ほか編　（日本メール・オーダー社）
『ニュートン　２００６年10月号　周期表の決定版』　（ニュートンプレス）
『ニュートン　２００７年12月号　新・進化論』　（ニュートンプレス）
『ニュートン　２００９年2月号　わかる図解　細胞』　（ニュートンプレス）

解　説

佐々木　敦

本書『レプリカたちの夜』を読んだのは、ある僥倖（ぎょうこう）による。

2016年1月に単行本が出版されたこの小説は、第2回新潮ミステリー大賞受賞作であり、一條次郎のデビュー作だが、私は特に同賞をチェックしていたわけではなかったし、新人のミステリー作品を熱心に読むような習慣もなかった。ただ書店の棚で本作の単行本を見つけ、オビに記載されていた新潮ミステリー大賞の審査員のひとりでもあった伊坂幸太郎の言葉を読んで、強く興味を惹（ひ）かれたのだ。

そこにはこう書かれてあった。「とにかくこの小説を世に出すべきだと思いました」。それから「ミステリーかどうか、そんなことはどうでもいいなあ、と感じるほど僕はこの作品を気に入っています」とも。私はとりわけ「ミステリーかどうか、そんなことはどうでもいい」というフレーズに「おおっ！」と思った。だってこれって「ミステリー大賞」の受賞作じゃん。てことは当然、応募作には気合いの入った「ミステリー」が多数寄せられていた筈で、なのにそれら並み居るちゃんとしてたり野心的だったりする「ミステリー」たちを押しのけて受賞を果たし、あまつさえあの伊坂幸太郎をして「ミステリーかどうかはどうでもいい」とまで言わしめたというのだから、これは読まないでいられようか。なにしろ私は「ミステリー」かどうかはどうでもよくなるような「ミステリー」が無類の大好物なのである。

そして読んでみたら、やっぱり大当たりだった。そして当時の私はTwitterでこう呟いた。「全くミステリーではない。ＳＦというかファンタジーというか、近年のアメリカ文学に多いアンリアルでストレンジな幻想日常小説にも近い。北野勇作と小山田浩子と初期安部公房を足して２・５くらいで割ったみたい。面白い」。このたび本作が文庫化されることになり、担当の編集の方がこの呟きを覚えていてくださって、こうして解説を仰せつかった次第。

だが今回再読してみて、以前の自分の「全くミステリーではない」というのは一寸言い過ぎだったなとも思った。いやミステリーじゃないのだけれど（笑）、でも本作は「ミステリー」の最低限のお約束は一応守っている。冒頭に魅力的な謎が置かれ、失踪らしきものがおこり、殺人らしきものが起こり、巻き込まれた主人公がなんとかして真相に迫ろうとする。ちゃんとミステリーではないか。とはいえしかし、その冒頭の謎とは、次のようなものである。本作の一行目はこうだ。

シロクマを目撃したのは、夜中の十二時すぎだった。

素晴らしい書き出しである。伊坂氏のオビ文がなくても本屋でここを立ち読みしたらすぐさま買っていたかもしれない。シロクマを目撃したのは、動物たちの精巧なレプリカを製造している「株式会社トーヨー」の品質管理部に勤務する往本である。彼は最初、レプリカのシロクマだと思うのだが、どうも違う。だって動いている。しかも深夜である。一体どういうことだろう。翌日、往本は皆にシロクマを見たことを話すが、信じてもらえない。しかしやがて彼は工場長に呼び出され、シロクマがどうやらスパイであるらしいと聞かされて、秘密裡の調査を命じられる。それが彼のめくるめく悪夢のような冒険のはじまりだった。

読み進んでいくうちに、この小説の世界が、われわれの世界とはどうやら違うらしい、それももしかしたら随分と違うらしい、ということがわかってくる。そもそも動物のレプリカ製造工場というのがおかしい。他の多くの動物と同じく、この世界ではシロクマは絶滅しており、だから本物のシロクマがいるわけはない。ということも後になってあっさりと覆されたりする。往本自身の記憶や認識もどうも怪しい。急に意識が飛んだり、身に覚えのない言動を他人から指摘されたりもする。しかし彼はなかば仕方なしに、頭髪が薄くて中年顔なのに何故か女性にモテまくっているらしい同僚の粒山や、見た目はキュートだが動物愛護のことになると異様にヒートアップするうみみずと共に、シロクマの謎、スパイ（？）の陰謀、そしてこの世界の秘密に迫ってゆくのだった……

と、ここまで書いてきて痛感したが、この小説はいわゆるあらすじ紹介がものすごくむつかしい。というかほとんど不可能である。それは読んで貰えればわかる。だからここからはストーリーとは別のことを書こう。私は作者の一條次郎と会ったこともなければどんな人かも知らない。だが本作がおそろしくさまざまな文化的な参照系に支えられていることは、読めばわかった。たとえば割とスッキリとした題名にもたぶん複数の含意が込められている。レプリカという語に私はまず二つの作品を思い出した。ひとつはフィリップ・K・ディック原作、リドリー・スコット監督の映画『ブレードランナー』に出てくる人造人間レプリカントである。周知のように、これはディックの原作『アンドロイドは電気羊の夢を見るか？』には出て来ない、映画のオリジナル造語である。だが本作の世界観はむしろ極めてディック的だと言っていい。

こんな風にザックリ述べてしまうのはいささか気が引けるが、ディックの小説を通底しているのは、一言でいえば「この現実世界の不確かさ」である。本作の往本とうみみずのやりとりにも出てくるが、しかしそれはよくある「これって全部夢なんじゃないか」という疑念に回収されるものではない。もしそれだけのことだったら実は大した問題ではない。問題はむしろ「でもこれが夢じゃなかったらどうしたらいいのか」ということの方なのだ。私はディックが繰り返し描いていたものも、この小説で一條次郎がどうにかしてにじり寄ろうとしているものも、このことだと思う。本作のキーワードのひとつは、途中に工場長からの手紙というかたちでかなりあからさまに出てくるが、「自我」である。「この現実世界の不確かさ」は「この私という自我の不確かさ」のことでもある。

そしてこの点は、レプリカから私が思い出した第二の作品とも繋がっている。それは先の「Twitter でも書いた北野勇作の『かめくん』に出てくるレプリカメである。もちろんレプリカメはレプリカントを前提にしており、ここにはディック→北野という現代SFの重要な系譜が存在している。『かめくん』に限らず、北野SFの世界はどれもこれもあやふやでふらふらふわふわしている。それは小説のジャンル的条件付けによって、SFぽくもなれば幻想小説ぽくもなり、童話ぽくもなり、あるいはホラーぽくなったりもする。そしてこの『レプリカたちの夜』も、ふらふらふわふわとあやふやな語りが流れていくにつれて、ミステリーやSFのみならず、さまざまな小説ジャンルに変容してはまた次へと移ってゆくような感じがある。なんとなくうみみず以外の女性が出てくると俄(にわか)にコワくなるような気がする。どうしてなのかはわからないが。

現実・世界・自我、こんな簡単な言葉でわれわれが呼んでいるなにがしかは、こんな簡単な言葉で呼んでもみないといつまでもどこまでも曖昧(あいまい)にゆるゆると広がり出していってしまってキリがなく永遠に捉(とら)え切れないようなものである。そして、ある種の小説家は、それら厄介な何ごとかを相手取って何とかしようとする。ディックはそれをやった。北野勇作もそれをやっている。そして一條次郎がやろうとしているのも、間違いなくこのことだ。

私が本作を読みながら思い出した先行作品は、もちろん他にもある。たとえばこれもTwitterに書いたが安部公房。だがあらためて読んでみて「初期」と限定する必要はない、むしろ晩年の『カンガルー・ノート』なんかとも相通じるものがあると思った。不可思議で酷薄な世界に対して基本的に受け身であるしかなく、そして受け身であるがゆえに世界から更に罰されてしまうというあまりにも気の毒な人間のあり方は、安部公房が、またその影響源のひとつであるカフカが執拗に描いたものだが、この小説の往本もまた、次々と起こる不条理かつ不可解な出来事にパッシヴであり、その結果、現実もろとも、世界もろとも、自我もろとも崩壊する。

もうひとつだけ挙げておこう。本書の巻末には長い長い参考文献リストが置かれているが、そこでは『悪魔物語・運命の卵』が載せられているけれど、私は同じミハイル・ブルガーコフの『巨匠とマルガリータ』を思い出した。冒頭から畳み掛けるように謎めいた、というか謎そのものの事件が相次ぎ、それがどんどんエスカレートしてゆくあの驚異的な小説にも似たスピード感とダイナミズムを、本作には感じる。いつか一條次郎が『巨匠とマルガリータ』並みの超大作を書いてくれるのではないかと期待してしまう。

と、こう述べてくると、でも安部公房もブルガーコフもディックも昔の作家じゃん、などと思われてしまうかもしれない。もちろん『レプリカたちの夜』は、そんな偉大なる先達たちへのリスペクトを随所に感じさせつつも、れっきとした現代小説の最前線に位置する作品になっている。それは読めば一目瞭然だし、実にヴァラエティに富んだ参考文献リストからも窺い知れる。ハイブリッドでハイセンスな、紛れもない新しさを放つ作品である。だがその「新しさ」とは、いわば「レプリカたちの時代」の新しさなのだ。それはポストモダンと言い換えてもいいのかもしれない。つまり、もはや新しいものなどどこにもない、ということが当り前になってしまった時代における、逆説的だが瑞々しい、いわば生まれ直しのような「新しさ」なのである。

もうひとつ忘れてはならないのは、本作における音楽への目配せの絶妙さだ。頭の皿がレコードプレーヤーになっているカッパ（のレプリカ）が出てくるのだが、そこでスピンされるのは、ビーチ・ボーイズやヴァン・ダイク・パークスやシェーンベルク。他にもさまざまな音楽や音楽家の名前が登場する。それらもまたハイセンスでハイブリッドだ。一條次郎は小説読みとしてだけでなく、音楽リスナーとしても相当に筋金入りの人物だと推察する。時々ついつい本筋を離れてマニアの蘊蓄ぽくなってしまったりするところも、かえって好ましい。

「ミステリー」であるかどうかはともかくも、本作は「小説」として無類の魅力を持っている。文体はデビュー作とは思えないほどこなれており、こんなにワケのわからない（笑）展開なのに、スイスイ読めてしまう。傑作である。一條次郎は、この作品だけでも本好きの記憶に残り続けたことだろう。

だが皆さん、本文庫と相前後して、一條次郎の約二年半ぶりとなる第二長編が遂に刊行される。題名は『ざんねんなスパイ』。またしても冒頭の一行目が素晴らしい。

「市長を暗殺しにこの街へやってきたのに、そのかれと友だちになってしまった……」。主人公は齢七十三にして初の任務を命じられた老スパイである。本作を気に入った方なら、間違いなく面白い筈である。ミステリーでもスパイ小説でもないかもしれないが……乞うご期待！

（二〇一八年七月、批評家）

この作品は平成二十八年一月、新潮社より刊行された。

伊坂幸太郎著　オーデュボンの祈り

卓越したイメージ喚起力、洒脱な会話、気の利いた警句、抑えようのない才気がほとばしる！　伝説のデビュー作、待望の文庫化！

伊坂幸太郎著　ラッシュライフ

未来を決めるのは、神の恩寵か、偶然の連鎖か。リンクして並走する4つの人生にバラバラ死体が乱入。巧緻な騙し絵のごとき物語。

伊坂幸太郎著　重力ピエロ

ルールは越えられるか、世界は変えられるか。未知の感動をたたえて、発表時より読書界を圧倒した記念碑的名作、待望の文庫化！

伊坂幸太郎著　フィッシュストーリー

売れないロックバンドの叫びが、時空を超えて奇蹟を呼ぶ。緻密な仕掛け、爽快なエンディング。伊坂マジック冴え渡る中篇4連打。

伊坂幸太郎著　砂漠

未熟さに悩み、過剰さを持て余し、それでも何かを求め、手探りで進もうとする青春時代。二度とない季節の光と闇を描く長編小説。

伊坂幸太郎著　ゴールデンスランバー
山本周五郎賞受賞
本屋大賞受賞

俺は犯人じゃない！　首相暗殺の濡れ衣をきせられ、巨大な陰謀に包囲された男。必死の逃走。スリル炸裂超弩級エンタテインメント。

新潮社ストーリーセラー編集部編
Story Seller 3
新執筆陣も加わり、パワーアップしたラインナップでお届けする好評アンソロジー第3弾。他では味わえない至福の体験を約束します。

新潮社ストーリーセラー編集部編
Story Seller annex
有川浩、恩田陸、近藤史恵、道尾秀介、湊かなえ、米澤穂信の六名が競演! 物語の力にどっぷり惹きこまれる幸せな時間をどうぞ。

朝井リョウ・あさのあつこ 伊坂幸太郎・恩田陸著 白河三兎・三浦しをん
X'mas Stories
—一年でいちばん奇跡が起きる日—
これぞ、自分史上最高の12月24日。大人気作家6名が腕を競って描いた奇跡とは。真冬の新定番、煌めくクリスマス・アンソロジー!

池内紀 川本三郎 松田哲夫編
日本文学100年の名作
第1巻
1914-1923
夢見る部屋
新潮文庫創刊以来の100年に書かれた名作を集めた決定版アンソロジー。10年ごとに1巻に収録、全10巻の中短編全集刊行スタート。

池内紀 川本三郎 松田哲夫編
日本文学100年の名作
第2巻
1924-1933
幸福の持参者
新潮文庫100年記念アンソロジー第2弾! 1924年からの10年に書かれた、夢野久作、林芙美子、尾崎翠らの中短編15作を厳選収録。

新潮社編
私の本棚
私の本棚は、私より私らしい! 小野不由美、池上彰、児玉清ら23人の読書家が、本への愛と置き場所への悩みを打ち明ける名エッセイ。

レプリカたちの夜（よる）

新潮文庫　い - 133 - 1

平成三十年十月一日発行

著者　一條次郎（いちじょうじろう）

発行者　佐藤隆信

発行所　株式会社新潮社

郵便番号　一六二－八七一一
東京都新宿区矢来町七一
電話　編集部（〇三）三二六六－五四四〇
　　　読者係（〇三）三二六六－五一一一
http://www.shinchosha.co.jp

価格はカバーに表示してあります。

乱丁・落丁本は、ご面倒ですが小社読者係宛ご送付ください。送料小社負担にてお取替えいたします。

印刷・三晃印刷株式会社　製本・株式会社植木製本所

ISBN978-4-10-121651-5 C0193